Ein Philosophieprofessor in Oxford begibt sich auf eine Zeitreise in die Vergangenheit. Und schon ist er mittendrin im Schweden der 50er Jahre, im vertrauten Västmanland. Bei der frommen Großmutter, dem Geschmack der Zimtbirnen, dem Geruch der Schilfbänke am See und bei Magister Slipsten, einem sadistischen Lehrer, den die Schüler aus Rache in den Wahnsinn treiben. Und vor allem ist er bei den Frauen, die noch genauso verführerisch sind wie damals: Ingela, das Mädchen im benachbarten Sommerhaus, und Frau Sorgedahl, die einen todlangweiligen Mann und so schöne weiße Arme hat. Auf unnachahmlich beiläufig verschmitzte Weise erzählt Lars Gustafsson von früher erotischer Verzauberung, pubertärer Einsamkeit und den heimlichen Treffen einer Jungenclique im Heizungskeller, nicht ohne »einen wunderbar luftigen Schaum von sehr unterhaltsamer Philosophie darüber zu legen« (Aftonbladet).

»*Frau Sorgedahls schöne weiße Arme* ist eine Ode an die Tiefe, Fülle und Schönheit des Lebens ... Der (über)-sinnlich warme schwedische Sommer des Jahres 1954 gibt die Bühne für ein Zauberstück im Palast der Erinnerung und im Archiv der Metaphysik ...« Neue Zürcher Zeitung

Lars Gustafsson wurde 1936 in Mittelschweden geboren. Er studierte Mathematik und Philosophie in Uppsala und Oxford. Der Lyriker, Philosoph und Romancier lebte lange Zeit in Austin, Texas. Seine Bücher erscheinen im Hanser Verlag. Im *Fischer Taschenbuch Verlag:* ›Die Tennisspieler‹ (Bd. 15648), ›Der Tod eines Bienenzüchters‹ (Bd. 14983), ›Der Dekan‹ (Bd. 17246), ›Jahrhunderte und Minuten‹ (Bd. 18256) und ›Risse in der Mauer. Fünf Romane‹ (Bd. 17217).

Unsere Adresse im Internet: www.fischerverlage.de

Lars Gustafsson

Frau Sorgedahls schöne weiße Arme

Roman

Aus dem Schwedischen
von Verena Reichel

Fischer Taschenbuch Verlag

Das Motto von Marcel Proust wird zitiert in der Übersetzung
von Eva Rechel-Mertens, revidiert von Lucius Keller.

Das zweite Motto stammt aus einer Meditation von Jelena Selin
in der Internetzeitschrift »Notizen von einer Insel« vom 21. 9. 2005.

FSC www.fsc.org
MIX
Papier aus verantwortungsvollen Quellen
FSC® C019821

3. Auflage: März 2014
Veröffentlicht im Fischer Taschenbuch Verlag,
einem Unternehmen der S. Fischer Verlag GmbH,
Frankfurt am Main, Mai 2011

Lizenzausgabe mit freundlicher Genehmigung
des Carl Hanser Verlag München Wien
Die Originalausgabe erschien
unter dem Titel *Fru Sorgedahls vackra vita armar*
bei Atlantis in Stockholm

Druck und Bindung: C.H.Beck, Nördlingen
Printed in Germany
ISBN 978-3-596-18661-7

»Ich war die einzige Person, die dazu imstande war. Aus zwei Gründen: mit meinem Tod würde nicht nur der einzige Bergarbeiter verschwunden sein, der befähigt war, diese Erze zu schürfen, sondern auch das Vorkommen selbst …«

Marcel Proust, Auf der Suche nach der verlorenen Zeit, Bd. 7: Die wiedergefundene Zeit

»Nicht die Dämonen sind das Bedrohliche, sondern die einförmige Masse des Nichts. Dämonen kann man bekämpfen, ausfragen, durchleiden, die Faust gegen sie ballen. Das Nichts versteckt sich in allem, wie eine unendliche Wahrheit, wenn man aufhört, sich zu bemühen, Lügen zu konstruieren, nachdem das Fest zu Ende ist. Das Nichts erweist sich als die eigentliche Natur der platonischen Ideenwelt.«

Jelena Selin, Notizen von einer Insel

I

Der verpasste Bus

Wir nehmen an – gerade weil es absurd ist –, dass ich nicht existiert habe.

Wir nehmen an, dass es an jenem Abend zu viel Schnee gab. Der gelbe Bus des Busunternehmens blieb schon beim Fjellsta gård stecken. Mein Vater und seine Mutter mussten nach Hallstahammar zum Haus des Klempners Westerberg zurückkehren. Es wurde nichts aus dieser Versammlung im Lutherischen Saal. Während der Bus aus den Schneewehen herausgezogen wurde, durften mein Vater und seine schon damals ziemlich alte Mutter in die Küche der Anderssons in Fjellsta eintreten. Mit denen sie irgendwie verwandt waren. Und dort hätten sie in der großen, warmen, nach Kaffee duftenden Hofküche gesessen, und ein paar Stunden wären vergangen. Stunden, in denen sich entschieden hätte, dass ich nicht existieren würde. Niemand hätte mich vermisst. Nicht einmal Gott. Was für ein wunderbares Versteck! Nicht zu existieren. Und wenn der Bus schließlich loskäme, wäre es längst zu spät.

Und meine Mutter? Sie würde mit Großmutter Emma da sitzen und all die tristen alten Erweckungslieder durchleiden. Und komisches Gerede über einen unbegreiflichen Menschengott anhören und über die Notwendigkeit, Herrenunterwäsche nach Afrika zu schicken. Eine herrliche Begegnung. Und sie würden zusammen nach Hause spazieren, vom Missionssaal in der Kristinagata die Djäknebergsgata entlang und dann diese Treppe, die Steintreppe hinunter zum Lustigkullaväg. Sie verabschieden sich von dem blinden Pastor Svanholm mit dem langen weißen Bart und dem weißen Stock. Er wird von seiner Frau nach Hause begleitet. Und die beiden Frauen, die alte mit dem glockenförmigen Hut und die junge, dünne mit der Brille, sind immer sporadischer im dichter werdenden Schneefall zu erblikken, unter den spärlich verteilten Straßenlaternen.

Und auf diese Weise verschwinden sie aus dieser Erzählung. Genau genommen, bevor sie es schafften, hineinzukommen.

Und ich mit ihnen. Es gibt mich nicht. Ich habe niemals existiert. So einfach ist das.

2

Der Zimtbirnbaum

Wenn ich es mir überlege, bin ich überhaupt nicht zufrieden mit meinen Eltern.

Ich sage das, weil mein Vater Frau Sorgedahl anrief und sich beschwerte. Er habe im großen und ganzen den Eindruck, es sei nicht gut für uns, dass ich und die Gruppe in ihrem Haus verkehrten. Ich weiß nicht, was sie antwortete. Ich hoffe, sie hat etwas sehr Schroffes und Gemessenes geantwortet. Ich war auf ihrer Seite.

Er hatte wirklich keinen Grund zur Klage.

Was wäre gewesen, dachte ich, hätte mein Vater an jenem Februarabend nicht dieses dünne Mädchen mit der Brille im Saal des Lutherischen Missionsverbands in Västerås getroffen? Gewiss wäre das sehr viel besser für ihn gewesen. Wie viele triste Streitigkeiten, wie viele ungerechte, herabsetzende Worte wären ihm erspart geblieben!

Dann hätte er natürlich nie das Geld für diesen Feinkostladen leihen können, aber das hätte keine wirklich bedeutende Rolle gespielt. Er machte ja in jedem Fall nach nur einem Jahr Konkurs. Es waren harte Zeiten,

Anfang der dreißiger Jahre. Das will ich euch sagen, dass derjenige, der damals dabei war, weiß, was harte Zeiten bedeuten.

Aber klar ist, ich hätte nicht existiert.

Doch alles, was ich bis jetzt erzählt habe, ist im Grunde unwesentlich. Umso wichtiger ist der Zimtbirnbaum. Wie wunderbar er im Frühling duftete. Und mit seinen schweren Ästen, voll kleiner, bräunlicher Birnen. Die – sorgfältig geschält, gekocht, mit Zimt in ihrem eigenen Saft in Einmachgläsern konserviert – tatsächlich eine Ahnung von einem Paradies vermitteln konnten.

Und existierte er nicht in dieser Welt, so existierte es in einer möglichen Welt. Und existierte es in einer möglichen Welt, so war dieses Paradies dennoch hier denkbar.

Es ist eigentlich dieses Paradies, von dem diese Erzählung handelt.

Es war ein ganz anderer Winter, in dem ich ihn wiedersah, und es mag wohl das letzte Mal gewesen sein, dass dieser Baum noch auf dieser Erde stand, nämlich im Winter 1983. Der ganze alte Klempnergarten wurde, wenn ich richtig informiert bin, später umgegraben und musste einem völlig überflüssigen Neubau weichen.

Ich glaube, dort, wo Westerbergs Klempnerei einst lag, steht jetzt ein Bestattungsunternehmen. Aber ich kann mich durchaus täuschen. Das große weiße Haus in der Straße mit Strands Herrenmoden und Hultins Friseursalon war jedenfalls das Haus des Klempners. Die eigentliche Klempnerei lag hinten im Hof. Westerbergs

Bruder Ragnar hatte eine Klempnerei oben in Sala, und sein Bruder Napoleon hatte eine Klempnerei in Norberg. Warum alle Brüder sich als Klempner betätigten und wie es dazu gekommen war, davon habe ich keine Ahnung. Fragt mich nicht.

Sie betätigten sich als Klempner. Ich beschäftige mich mit etwas anderem. Oder ich habe mich mit etwas anderem beschäftigt. Das ist der einzige Unterschied. Aber mit den Jahren wird auch der ziemlich bedeutungslos.

Es war kein kleiner Teil der Regenrinnen und Sturzrohre von Västerås, ganz zu schweigen von Blitzableitern und Kupferbeschlägen auf Kirchendächern und Kirchtürmen, Leichenschauhäusern und anderen Gebäuden, dazu gedacht, für ewige Zeiten zu halten, um die sich diese flinken Klempner und ihre Vorarbeiter, Gesellen und Lehrlinge zu kümmern hatten.

Hinten an der Rückseite, mit der Wand direkt zum Grundstück des bösartigen Nachbarn Odlander, lag der einzige einstöckige Holzbau der Klempnerei, wo Transmissionsriemen von einer ständig rotierenden Welle herunterflutschten, wo Blechscheren wie große Kirchenglocken klangen und läuteten und die Transmissionsbänder auf ihren schlecht geölten Laufrädern unter der Decke kreischten wie Dämonen.

Und als wäre es nicht genug gewesen mit mechanischen Scheren und Biegevorrichtungen und Schmiedeessen fürs Schmelzen und Löten und Blechvorräten und Rohrvorräten, gab es auch eine Wohnung am hinteren Zaun. (Hinter dem Zaun verlief eine Straße, aber ich habe vergessen welche, ob es die Landstraße in nördlicher

Richtung hinauf nach Norrheden und Surahammar war, oder ob es nur ein Weg war, hinter dem es noch mehr Zimtbirnbäume gab.) In dieser unfassbar kleinen Wohnung lebte also der Vorarbeiter Nordström mit Frau und vier Kindern. Ich habe diese Wohnung viele Jahre später wiedergesehen, und ich versichere, dass es unbegreiflich ist, wie sechs Menschen dort schlafen konnten. Sie müssen praktisch aufeinander gelegen haben. Im Zimmer – das zugleich Küche war – im Essensdunst von Kohlrübenpüree und Kohlsuppen.

Aber es war der Zimtbirnbaum, von dem ich sprechen wollte. Tatsächlich erinnere ich mich an keine anderen Bäume aus diesem Garten als Zimtbirnbäume. Aber es muss noch andere gegeben haben.

Viele Jahre später, als ich alte Papiere ordnen wollte, es war im Sommerhäuschen meiner Eltern in Norrheden, fand ich in einem Verschlag einen Schuhkarton aus den vierziger Jahren, in dem Illustrierte und vergilbte Quittungen und seit Jahrzehnten ungültige Anglerkarten lagen, und dazwischen Großmutters Rezeptbuch. Ein schwarzes Heft, beschrieben mit einer sehr klaren, sehr ordentlichen Handschrift. Da gab es alle Arten von Kompott und Marmeladen und alle möglichen Methoden, Birnen für eine längere Dauer einzulegen. Alle Maße in Pfund – wie ich hoffentlich schon erwähnt habe, war diese Frau im Jahr 1871 geboren – und genau angegeben, was über Nacht eingelegt werden musste, was an Ingwer oder Zimt hinzugefügt werden sollte und auf welche Weise der Saft behandelt und mit Zucker eingekocht werden sollte.

Es waren natürlich nicht die einzigen Rezepte in diesem Buch. Es gab Hunderte. Eins, bei dem ich mich lange aufhielt, handelte von einer Soße zu frittierten Krebsschwänzen. Es ist so ungeheuer lange her, seit jemand in Schweden einen Krebs frittiert hat. Und ich selbst habe seit den siebziger Jahren kein einziges schwedisches Krebsessen mehr erlebt.

Aber nicht von dem Kochbuch wollte ich erzählen – an und für sich ein bemerkenswerter Fund, den ich jetzt hier unter anderen Raritäten verwahre –, sondern vom Geschmack der Zimtbirnen, der war, wie er war. Ohne irgendwelche Zusätze, exotisch und zugleich wohlbekannt, und mit einer kleinen Spur von Gefährlichkeit, wenn die Früchte lange, aber nicht zu lange im feuchten Gras der Nacht gelegen hatten.

In seiner Mischung aus etwas Fremdem, ja, Orientalischem, und etwas sehr Wohlbekanntem erinnerte mich dieser Geschmack an die christliche Religion – jedenfalls so, wie sie von meiner frommen Pfingstgroßmutter und ihrer halb verrückten Schwester praktiziert wurde.

Diese Frömmigkeit, die sich offenbar von einer Art geistiger Krise herleitete, welche die beiden bei einem Besuch in der Kuranstalt von Sätra Brunn überkommen hatte – diese kerngesunden alten knochigen Frauen klagten eigentlich ununterbrochen über verschiedene rheumatische Schmerzen – und sie ein Jahrzehnt später zur Pfingstbewegung hingeführt hatte, war eigentlich etwas Unbegreifliches.

Sie passte überhaupt nicht zu allem übrigen an ihnen:

ihrem ruhigen, alltäglichen, fleißigen und sparsamen Umgang mit Kartoffeläckern und Birnbäumen.

Der Baum war groß, er war wie ein schützendes Dach, und der exotische, würzige Geschmack der Birnen – besonders, wenn sie etwas überreif geworden und ins Gras gefallen waren – hatte nicht seinesgleichen. Beim ersten Mal, als ich dorthin kam – ich erinnere mich, dass ich mit Sten-Åke, meinem Cousin, spielte und mit einem großen braunen irischen Setter, dessen weiches Fell sich unter den Händen so fein anfühlte –, beim ersten Mal, als ich dort mit den Eltern auf Besuch kam, fand ich, dass diese Zimtbirnen etwas vollständig Überwältigendes waren.

Sie waren, genau wie Großmutter Tekla, in der gewöhnlichen Welt nicht recht zu Hause. Ihre Hände waren wie Baumwurzeln. Und sie hielten sich an einer fast gänzlich zerlesenen Bibel fest.

Irgendwie war sie es, die mich eine Reihe von Wahrheiten zu verstehen lehrte, die ich sonst nie verstanden hätte.

Großmutter erklärte mir, dass es etwas noch Hässlicheres gibt, als Gottes Existenz zu leugnen. Und zwar, zu glauben, es gäbe mehrere Götter. Und dass man, wenn man an mehr als einen Gott glaubte, keinen Teufel brauchte. Man könnte sich ja immer an einen neuen Gott halten, um das Unerwünschte und Unerwartete zu erklären.

Der Teufel war nützlich, wenn man nur einen einzigen Gott hatte. Aber hatte man ihn erst mal in seinem System, war es nicht ganz leicht, ihn wieder loszuwerden.

Es schien, als hätte auch das Christentum mehr als

einen Gott. Aber von den dreien war es eigentlich nur der eine, der sie interessierte: Jesus. Der Gott, der Mensch geworden war. Oder, wenn man so will, der Mensch, der Gott geworden war.

Das heißt: An den Heiligen Geist glaubte sie auf ihre Art. Der Heilige Geist, ein sehr luftiges Wesen, war es ja, der die Gemeindemitglieder von Betania zum Zungenreden befähigte, wenn es ernst wurde.

Die Theologie der beiden Schwestern war nicht ganz leicht zu begreifen. Aber sie glaubten daran. Ihre Rede, wenn sie auch nur von der Art, wie man Zimtbirnen einlegt, handelte, war ein einziges frommes Raunen, Murmeln, Tuscheln, Tasten – ich weiß nicht recht, wie ich es beschreiben soll.

Sie konnten den eigentümlichen Eindruck erwecken, unter Schockeinwirkung zu stehen. Einen Menschen, der gerade aus einem brennenden Autowrack entkommen ist oder vielleicht um Haaresbreite eine Zugentgleisung überlebt hat und gerade aus den Trümmern hervorgekrochen ist, stelle ich mir auf diese Weise vor. Nur bei einer solchen Person ist es denkbar, dass sie auf diese wimmernde, winselnde, quengelnde, weinerliche Art spricht.

Es besteht kein Zweifeln daran, dass sie etwas erlebt hatten. Alle Menschen in diesem Alter haben eine Menge Teufelszeug erlebt, und möglicherweise mit etwas Glück auch ein paar Dinge, die nicht so schlecht waren. Diese alten Frauen mit ihren geäderten dünnen Armen, ihren komischen kleinen schwarzen Hüten und ihrem störrischen, zu einem Nackenknoten zusammengesteckten

Haar hatten fast ausschließlich Unannehmlichkeiten erlebt. Die eine hatte ihren Mann verloren, den einzigen Mann, den sie je hatte, und war irgendwann in ihren Dreißigern alleinstehend – wie es heißt – mit einem sechsjährigen Sohn zurückgeblieben und hatte dann mit dem Jungen wie ein Appendix im Klempnerhaus gelebt. Und die andere hatte so viel Elend durchgemacht, dass wir hier nicht darauf eingehen können, es wäre zu ermüdend. Aber beide hatten dieses sonderbare Erlebnis gehabt, das sie Erlösung nannten. Ja, ich kenne sehr wohl den zweiten Paulusbrief und die ganze lutherische Art zu reden; ich weiß durchaus, dass »Erlösung« hier »Erlösung von der Sünde« bedeutet (was immer Sünde auch sein mag, der Inhalt des Begriffs scheint wild mit dem Benutzer zu wechseln), und nicht, was »Erlösung« im altmodischen, redlichen Urchristentum bedeutet, nämlich ganz einfach die Erlösung vom Tod. (Warum dieses Gerede vom ewigen Leben? Der Mensch hat ja ein ewiges Leben, solange er nicht tot ist. Ist er tot, kann er ja nicht leben. Aus dem einfachen Grund, weil es ihn nicht gibt. Und wozu sollte es gut sein, nach dem Tod weiterzuleben?)

Kurz gesagt: Ich bin weder ein theologischer Ignorant noch eine Unschuld, aber was diese alten grauen Frauen aus der västmanländischen Ebene mit ihren Putzfrauenknien, ihren weißen Wimpern und Haarknoten mit »Erlösung« und »Sünde« meinten – das herauszufinden, bin ich noch heute vollständig unfähig.

Aber für sie war es wichtig, ja, das einzig Wichtige.

Wenn man mit den Schwestern sprach, hatte man das Gefühl, dass so etwas wie die Briefe des Paulus und die Taten der Apostel unwichtig waren. Ja, selbst die Evangelien versanken im Dunkel, verglichen mit dem immer Wiederkehrenden, alles Überschattenden: der Apokalypse und der Welt, die bald vor ihrem Untergang stehen würde.

Natürlich versuchte ich, die Schwestern zu ärgern. Ich sagte: Gewiss, der Mensch ist unsterblich. Jeder Mensch ist unsterblich, solange er noch nicht gestorben ist.

Solche Versuche nahmen sie geradezu erschreckend ruhig hin. Mit der Ruhe von Personen, die wissen, wie es sich eigentlich verhält, die aber trotzdem aus reiner Großzügigkeit mit Narren und Ignoranten verkehren. Natürlich hielt ich diese Großmutter und ihre Schwester für verrückt. Doch ihre Verrücktheit fesselte mich. Ich konnte es nicht lassen, mit ihnen zu diskutieren.

Sie wussten Bescheid – und die Buchgelehrten, die Hoffärtigen würden ohnehin nicht die Seligkeit erlangen.

Die Buchgelehrten wussten das nicht, aber die Frommen, die Erlösten, wussten es. Die Zeit war in aller Heimlichkeit an ihr Ende gelangt. Die Frommen würden in den Himmel emporgehoben werden, und wir, wir anderen, würden hier unten bleiben.

Es mutete nicht nur wie eine Gefahr an, sondern auch wie eine Drohung. Aber eigentlich war meine Großmutter aufrichtig traurig darüber, dass wir hier unten zurückgelassen werden würden, meine Mutter, mein Vater, und insbesondere ich. Sie war traurig, konnte aber nicht viel daran ändern.

Die Zeit würde bald an ihr Ende gelangen; einige würden emporgehoben und in einem Brunnen aus Licht gerettet werden. Andere nicht.

Dieses Gefühl, dass *die Fenster starren*. Es gilt, nicht zurückzustarren, es nicht zur Kenntnis zu nehmen. Sonst könnte bestimmt eine Art Unglück geschehen.

Es war ja Anfang der fünfziger Jahre, und die Kernladungen nahmen zu. War es so merkwürdig zu erwarten, dass die Geschichte an ein brutales Ende gelangen würde? Sie tut es ja nicht – das Brutale an der Geschichte besteht eigentlich gerade darin, dass sie nicht an ein Ende gelangen will.

Wenn ich in der Erinnerung ihre knochigen Finger sehe, wie sie den Weg durch die Apokalypse weisen, fällt es mir schwer zu glauben, dass ich etwas so Altertümliches, etwas so Ursprüngliches und Uraltes erlebt habe. Meine Großmutter – die hundert Jahre alt wurde – und ihre Schwester, beide in den 1870er Jahren geboren, gehörten nicht in diese Zeit (Dampflokomotiven und Kraftwerke stellten im Grunde genommen eine neue, eine dämonische Ordnung dar), sie gehörten ins 17. Jahrhundert, oder vielleicht in die wildesten Jahre der lutherischen Reformation um 1520.

In ihren Gesichtern konnte ich die Spuren von vielem sehen, von Strapazen, Kümmernissen, Enttäuschungen und Verlusten, aber auch die Spuren einer anderen, einer älteren Ordnung der Seele.

3

Die kleinen Kästen mit Schrauben

Irgendetwas geht mit meinem Gedächtnis vor.

Es wird immer detaillierter. Vielleicht ist es eine Vorbereitung auf den Tod? Wenn es so weitergeht, werde ich geistig in meiner eigenen Vergangenheit ertrinken – die Erinnerungen werden genauso konkret, genauso detailliert werden wie das Gegenwärtige.

Ich glaube, das hängt irgendwie mit dem immer schneller werdenden Verfall im Gehirn eines Siebzigjährigen zusammen. Er scheint fast von Woche zu Woche voranzuschreiten. Aber ich kann nicht umhin, es zu genießen. Wie eine geheimnisvolle, unwiderstehlich verlockende Droge. Ich bin wieder eidetisch. Und zwar in einem solchen Grad, dass es mich fast erschreckt.

Ich gehe in meinem Inneren herum und suche in Bücherregalen, die es seit einem halben Jahrhundert nicht mehr gibt, ich radle in meiner Phantasie durch Alleen, von denen kein einziger Baum mehr steht. Ich krame in den Schubladen meiner Mutter in der Bomansgata herum und suche nach einem sinnlosen kleinen Gegenstand, der früher einmal meine Aufmerksamkeit erregt haben mag. Ein kleines silbernes Ding, auf dem man das

Buttermesser ablegt. Mit einer Hundefigur, Pfoten, Kopf und Schwanz. Nicht unähnlich einem grotesk langgezogenen Dackel. Ein lustiger Korkenzieher für den Campinggebrauch. Eine alte Reuse in einer Scheune, die ich einmal gesehen habe, als ich als Junge zusammen mit einem Bauern in Lisjö Krebse fangen ging. Warum gerade die?

Und die Karbidlampen in der ersten Zeit im Sommerhäuschen. Der Geruch, wenn Wasser auf das Karbid gegossen wurde und die Gase sich entwickelten. Das Gedächtnis wählt eine seltsame Schrift aus, und ich weiß genauso wenig wie irgendjemand anderes, warum.

Und warum nicht das Andere? All das Andere, das ich zweifellos vergessen habe? Die Zwischenräume zwischen den Buchstaben, sagt Wittgenstein, sind ein Teil dessen, was die Buchstaben sinnvoll macht. Würde ein Mensch sich an alles erinnern, bliebe ihm kein Jetzt, in dem er leben könnte. Oder würde er in einem ewigen Jetzt leben?

Ich habe das sonderbare Gefühl, dass das Gedächtnis wirklich auf eigene Faust auswählt. Und ich frage mich, was es will.

Ich erinnere mich so gut an Frau Sorgedahl. Man stelle sich vor! In den fünfzig Jahren, die vergangen sind, habe ich eigentümlicherweise nie den Versuch gemacht, Frau Sorgedahl aufzusuchen, nicht einmal ihren Namen im Telefonbuch nachgeschlagen.

Wellengeräusche, Windesrauschen. Der Laut von Krähen, die in einer mächtigen Ulme hier draußen sitzen …

Der Kosmologe hatte ja Recht. Man kann in der Zeit zur Seite treten. Freilich kann man das! Anstrengungslos gehe ich hinunter in den Keller zu der Ecke, wo mein Vater seine bescheidenen Werkzeuge verwahrt – im ständigen Kampf mit meiner Mutter, die das alles als sinnlos betrachtet und dort lieber leere und gespülte Kompottgläser hätte. Und ich weiß, welche Art von Schrauben, Muttern, Bolzen und Scheiben sorgfältig geordnet in jedem einzelnen Einmachglas liegen.

Man kauft keine Schrauben, pflegte mein Vater zu sagen. Man findet sie, man zieht sie aus altem Holz, man ordnet sie und bewahrt sie auf. Und früher oder später kommt der Augenblick für jede einzelne Schraube.

An einem friedlichen Nachmittag im Juni 2005 (also gut fünfzig Jahre später) spaziere ich am Fluss Isis zur Schleuse an der Brücke oberhalb der Polstead Road entlang, und während ich da gehe und dem stillen Gespräch des Windes mit den großen Ulmen und dem Lachen von Studenten in ihren flachen Booten lausche, steige ich in den Keller in Norrheden hinunter. Und sehe, dass exakt im dritten Regal ganz rechts die braune Verpakkung mit den Kupferschrauben steht, den teuren, die nur für den Kahn verwendet werden dürfen.

Nur dass das Regal seit langem leer, unsere Familie vor Jahrzehnten weggezogen ist und die, denen diese Schrauben gehörten, schon längst tot sind.

Aber trotzdem sind sie da. Jedes Ding an seinem Platz.

Ich erinnere mich jetzt daran, wie alle Schrauben in den verschiedenen Einmachgläsern lagen, ich erinnere mich an eine tote Kuh in einem Moor, und wie die Fliegen in dem ungeheuer angeschwollenen Körper einen Laut hervorbrachten, den ich seitdem immer mit Bachs Solosuiten für Cello verbunden habe. Und es machte keinen Unterschied, als ich später entdeckte, dass Baudelaire das Gleiche gesehen hatte. Und auch die eigentümliche Schönheit wahrgenommen hatte, die der endgültige, totale Verfall manchmal ausstrahlen kann. Ich wollte werden wie Baudelaire.

Ich erinnere mich an Karbidlampen. Das scheußliche, etwas bedrohliche kurze Zischen, wenn das Karbid sich mit dem Wasser verband, und das weiße, schonungslose Licht, das diese Lampen zustande bringen konnten.

Dieses Licht ließ die Konturen meiner Mutter größer und scharf werden, wenn sie als Schatten an die Küchenwand geworfen wurden. Man hörte sie da drinnen in der allzu engen Küche über den Mangel an Licht fluchen und nörgeln, wenn sie glaubte, niemand höre sie – sie war schon damals schwerhörig –, bis die milde Petroleumlampe durch die Karbidlampe mit ihrem kalten, harten Schein ersetzt wurde.

Ich erinnere mich an das Boot, den alten grünen Kahn, bis ins letzte Detail, von dem abgeschnittenen, stumpfen Bug bis zum Heck, ich erinnere mich an die Platzierung der Dollen, und ich erinnere mich sogar an die Stellen in den Planken, wo es gewöhnlich besonders hartnäckige Lecks gab, die nicht einmal mit Putzwolle, eingeknetet in eine altertümliche Dichtungsmasse aus Harz und Spiritus, abzudichten waren.

Ich erinnere mich, wie die alten Frauen der Gegend mit ihren Hauben zu ihren Erweckungsversammlungen gingen und wie sie sprachliche Formen benutzten, die heute völlig unbegreiflich oder nur sehr sonderbar wirken würden: Sonna für Sonne und Erda für Erde und Bodden für Waldboden und Baude und Kabuse für verschiedene Arten von Häusern. Es war wohl in den 1940er Jahren, als mir diese Dinge zum ersten Mal bewusst wurden, wie die Gerüche, die aus ihren Kleidern aufstiegen, aber vieles davon kann sich jetzt so ausnehmen, als befände man sich eigentlich im 18. Jahrhundert, Überbleibsel von Linnés Reisen durch Schweden. Und ich erinnere mich – eine Schande, das zu sagen – an all die Magie, die diese alten Menschen draußen in den Waldgebieten betrieben. Diese eigentümlichen kleinen Markierungen im Wald mit gekreuzten Spänen und Halmen an Stellen, die auf die eine oder andere Art als gefährlich betrachtet wurden oder besetzt von Gnomen und kleinen Trollen und Dämonen, oder vielleicht nur anzeigen wollten, dass man den linken Weg nehmen sollte statt den rechten …

Die Wahrheit ist, dass Schweden ein außerordentlich altertümliches Land ist, in dem Veränderungen eigentlich mit fast geologischer Langsamkeit geschehen.

Wenn ich an diese sonderbaren Riten und Gewohnheiten oben in den Waldgebieten im nördlichen Västmanland denke, diese schwindende Wald- und Kleinbauernkultur, die ich noch von meinem Fahrrad aus sehen konnte, oder zu Fuß durch Dörfer und zwischen duftenden Mooren, ja, dann kann es sich tatsächlich so anfühlen, als sei gar keine Zeit vergangen.

Mittlerweile bleibe ich den Sommer über meist hier in Oxford. Ich habe ja jetzt nur noch die Forschung, keine richtigen Studenten mehr, ich bleibe aus purer Trägheit und Gewohnheit hier. Und natürlich deshalb, weil die Stadt mit ihren Kirchturmspitzen und Türmen und sanften grünen Bäumen in den Sommern zugleich ernst und angenehm ist. Warum sollte ich im Sommer nach Schweden fahren? Nach all diesen Jahrzehnten habe ich dort keine Bleibe.

Nein. Ich brauche nicht mehr sehr oft nach Schweden zurückzufahren. Alles, was ich von diesem Land brauche, habe ich im Gedächtnis. Ich bewege mich mühelos wie ein alter grönländischer Schamane, der seit langem die nützliche Kunst gelernt hat, die Seele vom Körper zu befreien und sie auf eine Wanderung durch die Welt zu schicken. Ich kann jede Nacht durch die Sumpfwiesen am Norra Nadden gehen oder in dem Haus von der vorigen Jahrhundertwende in alte dunkle Wohnungen schauen. Ich kann Schubladen aus einem Sekretär herausziehen, der vor vierzig Jahren auf eine städtische Auktion geschickt worden ist, und sehen, was darin liegt.

Auf dieselbe Art blättere ich auch wieder in den vorsokratischen Fragmenten. Es ist viele Jahre her, seit ich wirklich bei Diels und Kranz nachschlagen musste. Ich liege nachts da und blättere darin herum, in der schlaflosen Periode zwischen vier und fünf, versuche, einen Zusammenhang herzustellen, wo es vielleicht noch nie einen Zusammenhang gegeben hat, ordne sie und ordne sie auf andere Arten neu. Es ist wie eine Patience mit einem außerordentlich dicken Kartenspiel. Und sie will nie aufgehen.

Nein, ich brauche nicht zu reisen. Ich bin schon da.

4

Inmitten der Musik gefangen

Ich verspüre Schwindel, wenn ich mich über meine eigenen Erinnerungen beuge. Ich höre die Zeit wie einen Wasserfall donnern. Die Zeit ist ein Fluss. Und ich bin die Zeit. Und der Schwindel wächst immerzu. Ich habe Angst davor zu fallen. Aber ich habe auch Angst davor, frei zu werden.

Gewiss erinnere ich mich an Frau Sorgedahl. Ich erinnere mich sehr gut an sie.

Ihr langes, volles rotes Haar in diesem sanften Lampenlicht, wenn sie sich vorbeugt, um die siamesische Katze zu streicheln, die seidenweich auf meinem Schoß liegt.

Und ich erinnere mich an Frau Sorgedahls schöne weiße Arme. Es war ein Frühlingsabend 1954. Wie viel Zeit uns trennt!

Nein. So geht das nicht. So geht das überhaupt nicht.

Ich fange noch einmal an – es ist zu spät zum Aufgeben: Woher kommen all diese Dinge, die es nur in den Träumen gibt?

Nach einem ungewöhnlich langen und langweiligen

Traum, der von einer mühseligen Wanderung durch eine Landschaft voll von allen möglichen Schneehindernissen handelte und wo es fast unmöglich schien, vom Fleck zu kommen, wachte ich in einer melancholischen grauen Dämmerung auf und bemerkte, dass ich Sehnsucht nach Frau Sorgedahl hatte. Meine Sehnsucht nach ihr war intensiv. Ich erwachte mit dem Gefühl, dass es entsetzlich sei, sie nicht in der Nähe zu haben.

Und dass ich nicht wusste, ob sie noch lebt oder tot ist.

Das kam sehr überraschend. Es muss mehr als fünfzig Jahre her sein, seit ich sie zuletzt gesehen habe. Ich hatte keine Ahnung, dass es sie irgendwo in mir noch geben könnte. Aber jetzt war sie plötzlich da. Mit ihren schönen weißen Armen. Ihren schönen weißen Armen, die sich jetzt – im Traum, aber nicht in der Wirklichkeit – so zärtlich um meinen dünnen, noch halbwüchsigen Körper schlangen. Der jetzt der Körper eines sehnigen, weißhaarigen alten Mannes ist. Wo einer der Finger an der linken Hand sich nicht strecken lässt, wo die Schulter fast ständig schmerzt. Ein alter, aus Schweden stammender Fellow am Magdalen College wird im Traum zu einem Teenager und sieht sich zusammen mit einer Frau, wie sie ihm eine Katze auf den Schoß legt. Einer Frau, die damals fast, aber nicht ganz, doppelt so alt gewesen sein muss wie er selbst.

Damals muss sie etwas über dreißig gewesen sein.

So, wie sie damals war, hätte sie die Tochter dessen sein können, der ich heute bin. Mit Leichtigkeit. Aber ich habe keine Töchter.

Frau Sorgedahl – war sie schön? Ich erinnere mich an ihre roten Haare und ihre weichen, weißen Hände, als sie behutsam den Rücken der Katze streichelte, die da auf meinem Schoß lag. Freilich war sie schön. Sehr schön. Das Schönste, was ich bis dahin gesehen hatte.

Mittlerweile träume ich ziemlich viel. Das macht vielleicht das Alter. Die Kindheit kehrt in der Form von Träumen zurück. Das Sommerhäuschen, klein und braun an seinem allzu steilen Hang. Der Brennball, den wir auf dem erschreckend großen Schulhof mit seinen duftenden Balsampappeln spielten. Der stechende Schmerz, wenn man ausrutschte und das Knie über den Kies schrammte. Die Aussicht vom Volksschulzimmer aus, so hoch da droben in dem alten roten Ziegelhaus, dass wir praktisch in den Kronen der Kastanienbäume saßen. All die sonderbaren Typen, die sich damals auf den Straßen herumtrieben.

Västerås in der Mitte der fünfziger Jahre. Es war ein ziemlich geschlossenes System, glaube ich. Wie geschlossen, begriffen wir damals nicht.

Zu denen, die auch nur im mindesten anders waren als wir, waren wir unbarmherzig, glaube ich.

Scheiß-Oskar, bärtig und ungepflegt, mit seinem Karren voller alter Gegenstände, den er hinter sich herzog, scheinbar völlig sinnlos. Niemand begriff, was er damit vorhatte. Verkaufte er sie? Brachte er sie an eine geheime Stelle? Wo wohnte er? Irgendwo in der Richtung von Nordanby gård. Wir überholten ihn oft auf dem Heimweg auf unseren Fahrrädern, unterwegs auf der fast endlosen Kristiansborgsallé.

Ich träume jetzt oft von der Kristiansborgsallé. Ich radele und radele. Aber ich komme nicht voran. Es hängt zu viel Schnee zwischen den Rädern, im Dynamo, an den Schutzblechen. Überall. Die ganze Welt ist voller Schnee. Woher kommt er? Erschaffe ich all diesen Schnee in meinem Traum? Wie soll das enden?

Dass ich vor lauter Schnee nicht vom Fleck komme, ist ein wiederkehrendes Thema. Mein Vater, jetzt schon lange tot, ist ein anderes. In meinen Träumen ist er noch sehr jung, gerade dreißig. Er sitzt in einem Sessel, der mit grünem Plüsch bezogen ist, und raucht kleine, starke Zigarillos. Der bläuliche Rauch vermischt sich mit der Musik aus dem Radio, das auf Bratislava eingestellt ist. Hat es einen solchen Sessel je gegeben?

Woher kommen all diese Dinge, die es nur in den Träumen gibt?

So ist alles wieder da, aber ergänzt um einige Dinge, die es außerhalb des Traums nicht gegeben hat. Ja, ich glaube sogar um Menschen, die es außerhalb des Traums nie gegeben hat. Das Jahr 1954. Die Bäume, die Straßen mit großen amerikanischen Autos und diesen dunklen, fast fensterlosen Volvos PV 444. Die Straßen noch fast unberührt von Verkehrsreglern und anderen Störenfrieden. Die alten Handwerkerhäuser aus Holz noch nicht abgerissen. Die Stadtbibliothek im Sundinska huset unten am Fluss, die Treppe nach alten Bucheinbänden und Putzmitteln riechend, die Türen braun mit harten Türschließern, die Bücher bewacht von mürrischen Bibliothekarinnen, die genau darauf achten, was man liest.

Ich war im Grunde genommen einsam. Sehr zerbrechlich. Und furchtbar stark. Das erkenne ich jetzt. Zerbrechlich zu sein kann tatsächlich eine Voraussetzung dafür sein, dass man stark ist.

Alte Männer auf Fahrrädern – es gab mehrere davon. Der ungeheuer kurzsichtige Aquarellmaler David Söderholm, die Brillengläser dick wie Flaschenböden, unterwegs hinaus in eine Landschaft, die zu einem Bild werden soll. Das Fahrrad geschickt mit allem beladen, was er brauchen kann: große geheimnisvolle Papiere in Rollen, Pinsel, Farben aller Art in verschiedenen kleinen Blechschachteln, Wasserflaschen, Schwämme, Fixative, Rubbelkrepp, Fernglas und Kompass und nicht weniger als zwei verschiedene zusammenklappbare Staffeleien.

Und der Volksschullehrer, Magister Skoglund, klein und breit mit seiner Goldrandbrille. Ein Mann, der praktisch alles über die Welt und das Universum weiß, was wissenswert ist.

Und der, wenn er etwas nicht weiß, durchaus bereit ist, im Nordisk Familjebok nachzuschlagen, das in seinem Glasschrank in seiner speziellen Ecke des Klassenzimmers steht.

So lange her. Tief in den 1940er Jahren. Eine Welt, so seltsam, so fern mit ihren rasselnden Panzern auf der Kristiansborgsallé, ihren endlosen Warteschlangen für die Rationierungskarten bei der Lebensmittelkommission und den erschreckend kalten Wintern und erregten Stimmen im Radio.

Jetzt ist es April 1954.

»Wir befinden uns mitten im zwanzigsten Jahrhundert«, sagt der sehr betuliche Religionslehrer, Studienrat Johansson, in der Einleitung zu einer Morgenandacht.

Deren Rest ich verschlief.

Kann man träumen, dass man einschläft? Warum nicht? Man kann ja auch träumen, dass man aufwacht, nicht wahr?

Der Sommer kommt. Der Juniwind weht. Und kommt immer von links und bringt oft den Duft nach Schlehen und Traubenkirschen mit, von großen Nadelwäldern und fernen Feuern, von Traktoren und allerlei Blüten, und dieser Juniwind ist irgendwie ewig. Er wird immer auf diese Weise kommen, an den ersten Tagen im Juni, und bis zu dieser anderen, der dunklen, regnerischen Periode anhalten, die stets an den letzten Tagen vor Mittsommer beginnt.

5

1954: Frau Sorgedahl holt ihre Kamera

Frau Sorgedahl fand uns unterhaltsam. Die Jungen des Studienrats und deren Freunde. An einem solchen Frühlingsabend holte sie ganz überraschend ihre Kamera hervor und photographierte uns.

Durch einen eigentümlichen Zufall ist das Bild noch in meinem Besitz. Nach so vielen Umzügen ist es tatsächlich noch da.

Trotz ihres Namens war sie Italienerin. Nein. Sie war nicht Italienerin. Sie kam aus dem Teil der Schweiz, in dem man Italienisch spricht. Und sie hatte unendlich schöne weiße Arme.

Den Namen hatte sie von ihrem Mann, Ingenieur Sorgedahl, einem Schweden. Wie so viele Männer von wirklich attraktiven Frauen war er unbedeutend. Ich habe keine deutliche Erinnerung an ihn.

Auch Frau Sorgedahl war Ingenieurin. Das kam damals bei Frauen nicht so häufig vor. Sie kam als die Repräsentantin einer überlegenen Kultur zu uns. Unsere Mütter konnten häkeln. Frau Sorgedahl konnte einen Kraftwerksgenerator konstruieren. Jedenfalls war sie in einer Abteilung, die das machte. Wir fanden es bemerkenswert. Aber es war eigentlich genau das, was man von ihr erwarten konnte.

Es war ein lustiges Gruppenbild. Offenbar mit einer sehr guten Kamera aufgenommen. Jedes einzelne Haar, jeder Pubertätspickel legt Zeugnis ab. Niemand von uns hatte die Kamera gehalten. Das tat Frau Sorgedahl, eine schöne rothaarige Frau aus einem italienischen Kanton in der Schweiz.

Wir sind ziemlich ungepflegt. Meine Haare sind viel zu lang. Sie scheinen auch nicht besonders gut gewaschen zu sein. Das, wie ich glaube, ziemlich brutal rasierte Kinn springt auf eine herausfordernde Art vor. Heute mildere ich es durch einen Bart.

Benke, ironisch ausgelassen wie immer, Lennart, Folke, Claes-Herman und ich selbst in der Mitte. Ich weiß nicht einmal, wer von ihnen noch am Leben oder tot ist. Dieses Bild hat Frau Sorgedahl gemacht. Sie ist die Einzige, die darauf fehlt.

Wie Folke sich mit den neuen Mietern anfreundete, weiß ich nicht. Aber plötzlich ging er bei diesen jungen, ehrgeizigen und offenbar sehr intelligenten Menschen aus und ein, als wäre er ein Kind im Hause.

Freilich: als neu Hinzugezogene in dieser ziemlich langweiligen Industriestadt, in der ich so viele Jahre verbracht habe, fiel es ihnen nicht so leicht, unterhaltsame Freunde zu finden. Ich glaube, es war möglicherweise die Musik. Folke spielte sehr gut Klavier. Er war der Einzige von uns, der ein Instrument richtig beherrschte, und er spielte sogar bei manchen Morgenandachten in der

Schule auf der Orgel des Gymnasiums. Ja, ich glaube, er war der Einzige von uns, der wirklich musikalisch war.

Wir alle lebten in diesen Jahren viel in der Musik.

Folke spielte Klavier und Orgel. Aber vor allem spielte er Grammophon. Sein Vater war freundlich und großzügig. Folke hatte für unsere Verhältnisse ziemlich teure Sachen, ein Tandberggrammophon mit einem Saphir statt der erbärmlichen Stahl- und Kaktusnadeln, die wir benutzten. Aus meinem Grammophon brummte immer ein Basston, der irgendwie vom Motor kam. Das gab mir manchmal das Gefühl, das Dasein selbst hätte einen solchen Grundton, einen leise brummenden Ton der Angst, der die Erkennungsmelodie für unsere eigene Existenz war.

Gewiss hat unsere Existenz einen Ton. Wie alles andere auch.

Warum soll man dankbar dafür sein, dass man eine Existenz hat? Ich brauchte viele Jahre, um mich mit der Tatsache abzufinden, dass ich tatsächlich eine solche habe; dass ich imstande bin, Zahnschmerzen, Orgasmen, Wut und Liebe, saures Aufstoßen und Pilze zwischen den Zehen zu spüren, und dass mich diese bemerkenswerte Fähigkeit auf eine radikale Art von den Steinen und dem Wasser unterscheidet. Mittlerweile gibt es sogar Augenblicke, in denen ich imstande bin, die kurzen Augenblicke völlig zu genießen, die noch von dieser sogenannten Existenz bleiben.

Als junger Mann empfand ich die Existenz als quälend, ja, nahezu unerträglich. Und nicht zuletzt als irgendwie beschämend.

Wozu brauchte mich die Welt eigentlich?

Was für uns Geltung hatte, was wichtig war, waren Mahlers Symphonien und die von Brahms. Schon die von Sibelius fanden wir weniger interessant. Ich glaube nicht, dass wir jemals darüber nachdachten, wie originell wir doch für Gymnasiasten im Västerås der fünfziger Jahre gewesen sein mussten. Als alle anderen, nein, nicht alle anderen, aber die sehr musikalischen und avancierten, Charlie Parker hörten. Wobei ich erst ein paar Jahre später, im Nachrichtentrupp auf dem Polacksbacken, erkennen sollte, dass das, was die anderen hörten, Charlie Parker war.

Mit Mahler und Brahms lebte man in einer anderen Zeit. Aber es war unsere Zeit. Es war unsere andere Welt, und wir flüchteten uns in sie. Was hatten eigentlich diese Symphonien, Erzählungen von Leidenschaften, Kümmernissen und Triumphen einer ganz anderen Schicht in einem ganz anderen Jahrhundert uns zu sagen? Es war unsere andere Welt. Wir konnten uns in sie hineinflüchten.

Wir hatten gute Gründe zum Flüchten. Benke zum Beispiel floh aus einer Wohnung mit einem Zimmer und einer Küche und einem Bruder, der gewöhnlich in der Küche saß und Tagebuch über die verschiedenen Getränke führte, die er im Spirituosenladen probierte. Benke, der nichtsdestoweniger in allen Fächern der Beste war und den Spezialkurs in Mathematik besuchte.

Das war das Wichtige.

Frau Sorgedahls Interesse an uns war vielleicht doch nicht ganz unschuldig. Jetzt erinnere ich mich, warum mein Vater anrief.

Sie ließ uns, vielleicht in aller Unschuld, ein paar Dinge probieren, die wir noch nie probiert hatten. Zigaretten, kleine starke französische Zigaretten, die sie selber gern rauchte. Und Kirschwasser, in kleinen runden Gläsern serviert, so stark, dass der Unerfahrene spüren konnte, wie sich das gesamte Gefäßsystem für einen Augenblick zusammenzog, als würde es erklingen, wenn sich der Alkohol in dem auf ein solches Glück vollständig unvorbereiteten Gehirn ausbreitete.

Warum wollte sie uns so etwas erleben lassen?

Gab es vielleicht noch etwas anderes, was sie uns erleben lassen wollte?

Wenn ich nach einer solchen Musiksession bei Frau Sorgedahl und ihrem total uninteressanten Mann all die steilen Hänge von den hoch gelegenen westlichen Stadtteilen zu den östlichen hinunterradelte, verspürte ich eine wilde Freiheit. Die Frühlingsluft strömte durch die Haare, und es war mir völlig egal, ob die Bremsen diesem eigentlich viel zu steilen Hang gewachsen waren.

Es gibt, glaube ich, im Leben junger Menschen, wenn sie Glück haben, einen Augenblick, in dem sie plötzlich entdecken, dass die Freiheit existiert.

Das war so ein Augenblick.

6

Der erste Schneesturm

Nein. Es war kein Frühlingsabend. Das habe ich erfunden. Es war mitten im Winter. Bestimmt. Daran erinnere ich mich jetzt.

Der erste Schneesturm kam in diesem Jahr sehr früh.

Schnee habe ich nie gemocht. Wenn er kam, war es meist eine Katastrophe, nasser Schnee blieb an den Reifen pappen und hinderte den Dynamo daran, sich zu drehen, das Fahrrad wurde glatt und rutschig und schwer zu lenken. Und wenn er endlich verschwand, dann als schmutziger Matsch.

Schnee, reiner und unschuldiger Schnee, leer wie ein unbeschriebenes Blatt, existiert, glaube ich, nur in der Literatur. Diesen reinen, unschuldigen Schnee gab es jedoch an bestimmten Sonntagen im Februar, wenn man in frisch gebahnten Spuren hinausgehen konnte. Wenn man aus dem Schatten der großen schweren Bäume auf dem Rocklundaåsen hinaus ins Svartådalen kam, konnte einem ein Licht begegnen, von dem es heißt, dass es zur Schneeblindheit führt. Dieses Schneelicht drang nicht nur in die Augen; es schien den dunklen Raum des ganzen Gehirns auszuleuchten.

Wovon man leer und geblendet wurde, vollständig leer. Nur das spezielle, ein bisschen raschelnde, rieselnde, sausende Geräusch von Skiern in perfekter Bewegung. An solchen Vormittagen – die leider nicht ewig währten – konnte die Welt für einen Augenblick heil werden. Heil und leer. Keine tristen Klassenzimmer, in denen verbitterte alte Oberstudienräte, denen die Niederlage, die endgültige, unwiderrufliche Niederlage in die faltigen Gesichter geschrieben stand, einem die Finessen in einem Gedicht von Catull herunterleierten, als sei Catull eine Art Revisor der Küsse gewesen. Verschwunden der Geruch nach Pubertät und feuchten Wollsachen in diesen Klassenzimmern mit den hohen Decken und den weißen, ausdruckslosen Kugellampen. Verschwunden diese Zeit, diese Uhrzeiger, die sich beharrlich weigerten, sich zu bewegen. Eine Ahnung von einer Welt, in der die Zeit sich weder bewegt noch stillsteht, ein ekstatischer Glanz über den Dingen weit jenseits aller Grammatiken und Rechtschreibfehler und vertrackter unregelmäßiger Verben.

Es war also der Schnee, von seiner ekstatischen Seite her betrachtet.

Es begann, als sie sich von dem Stuhl, auf dem sie gesessen hatte, zusammen mit uns der Ersten Symphonie Mahlers lauschend, auf den freien Platz neben mir auf dem Sofa umsetzte, wo ich gerade saß, und mir die Katze, diese feine siamesische Katze, auf den Schoß legte. Und mit langsamen, musikalischen, sanften Bewegungen strich sie ihr mit ihren schmalen weißen Händen über den Rücken. Frau Sorgedahl konnte sehr still sein.

Und sehr entschlossen. Mit der Zeit sollte ich mehr darüber erfahren.

Ich war es, den sie streichelte. Und ich konnte es nicht glauben.

Gewöhnlich kamen diese Stürme an Neujahr. Dieser hielt sich nicht an die Regeln. Er kam vor Weihnachten. Und schon am Nachmittag begann er, diese trockenen Schwaden quer über die Straßen zu ziehen, eine Art von Schwaden, die das Fahrrad in der ersten Stunde bewältigen kann, aber nicht viel länger. Ein alter Richtpunkt, den ich schon seit der Realschule hatte, war, dass man, wenn der treibende Schnee die Uhr des Doms unsichtbar machte, wusste, es bahnte sich etwas Großes an.

So ein richtiger Schneesturm bestand nicht nur aus unzähligen kleinen bösen trockenen Kristallen, die in die Falten des Wollschals krochen und von dort in den Kragen hinein, es war auch das Geräusch. Das anschwellende und abschwellende Geräusch, das manchmal eine solche Stärke erreichte, dass man nicht einmal hören konnte, wenn eine der uralten Linden auf dem Björlingska-Friedhof – nach Jahrhunderten tapferen Widerstands – nachgab und umfiel.

Die blauen Stadtbusse hielten gewöhnlich länger aus als der sparsame »Individualverkehr«, der fast ausschließlich aus diesen Volvos 444 bestand, deren Winker in Gestalt eines idiotischen »Dachkuckucks« auf dem Dach platziert waren, so dass man sie nie sah, bevor es zu spät war, wenn man sich auf dem Fahrradsattel befand. Vespas und ähnlich Leichtgewichtiges sah man ohnehin nicht bei solchem Wetter. Die Busse mühten sich tapfer, mussten aber schließlich ebenfalls aufgeben. Einer stand da, die Front heftig in die Friedhofsmauer gerammt, und blies Dampf aus dem gesprungenen Kühler, als wäre er ein Drache aus einer Sage. Ein anderer hatte die Versuche, den damals noch steilen Oxbacken zu bezwingen, aufgegeben und sich melancholisch auf der Mitte des Hangs quer gestellt.

Und das war mitten in der Stadt. Man konnte sich die tiefen Basslaute da draußen in den Kiefernwäldern vorstellen und das dumpfe Krachen, wenn ein Windbruch entstand, ganz zu schweigen von den Wäldern der Mälarinseln, wo der Wind in einer solchen Nacht wie eine Sense wütete und eine verheerende Spur von Windbrüchen und herabgefallenen Eulennestern hinterließ, und wo kurzfristig geweckte Dachse mit wässrigen Augen sich immer tiefer in die Dunkelheit der Gänge zurückzogen. Während neue Windbrüche den Pulverschnee immer tiefer in ihre Festungswerke hineintrieben.

Die Züge standen still, einer nach dem anderen, und verfrorene Passagiere saßen in schlecht beleuchteten Wartesälen und fluchten. Wenn sie nicht auf rasch erkaltenden Zugsitzen hocken blieben, damit beschäftigt, weinende kleine Kinder zu trösten und ihr unfreundliches Schicksal zu beklagen. Das alles war sehr schwedisch, und die eine oder andere diskret aus Taschen und Aktenmappen herausgefischte Branntweinflasche machte im Abteil die Runde.

Der Schaffner, sonst ein brüllender Löwe beim geringsten Verdacht, dass in seinem Zug Alkohol konsumiert werden könnte, eilte jetzt nur im Gang vorbei, mit einem ausweichenden Lächeln auf den Lippen, das besser zu einer allzu eifrig hofierten Schönheit bei einer Tanzveranstaltung gepasst hätte.

Alle wollten, dass die Zeit verging. Der Mensch hat so wenig Zeit, und das meiste von der Zeit, die er hat, verbringt er damit, sie schneller vergehen zu lassen.

Es war der schlimmste, scheußlichste, überraschendste und brutalste Schneesturm dieses Winters, ja, vielleicht des ganzen Jahrzehnts, und wenn ich mich recht erinnere, stoppte er sogar die Ampeln an der Ecke der Köpmannagata. Sie hörten ganz einfach auf zu funktionieren. Das machte ja nicht so viel aus, da sich sowieso kein normaler Mensch in einer solchen Nacht hinauswagte.

Der eine und andere Neubau verlor sein Dach. Der Verkehr kam zum Erliegen. Man konnte nicht von Frau Sorgedahl aus nach Hause radeln. Das Fahrrad musste geschoben werden, was nicht das Schwierigste war. Das Schwierige war die verdammte Brille, die andauernd von diesem scharfen, rasch treibenden Schnee zugeweht wurde.

Und wenn man die Brille abnahm, sah man *noch schlechter*.

Als das Ganze nach ein paar Tagen vorbei war, zeigte es sich, dass es ein ungewöhnlicher Schneesturm gewesen war. Ein paar Linden, die es besser hätten gewusst haben sollen, waren umgefallen und wurden zersägt, nicht mit Motorsägen, denn die waren damals in unserem Land noch nicht richtig in Gebrauch gekommen, sondern von altmodischen Herren in grauen Wolljacken und mit Bogensägen in den verschwitzten, starken Händen.

Die Ampeln am Oxbacken waren ganz neu. So aufregend und großstadtmäßig. Galten die Ampeln auch für Fahrradfahrer? Der Skultunaväg führte unter großen, freundlichen Linden entlang und war noch befahren. Ein grüner Kiosk verkaufte Abendzeitungen, die vor allem vom Koreakrieg handelten. Und die Zigarettenmarken Bill und Boy, die man auch lose kaufen konnte. Aber nicht weniger als zwei. Die in eine Tüte gelegt und diskret in den engen Gassen von Kyrkbacken geraucht wurden. Wo die Hausmeister uns wegen der Brandgefahr von einer Haustür zur anderen jagten.

Wir müssen schrecklich nach Tabakrauch gestunken haben! So viel später kommt mir der Gedanke, dass Frau Sorgedahl in dem Moment, in dem sie sich vorbeugte und die Katze auf meinem Schoß streichelte, diesen Geruch hat überwinden müssen.

In dieser Erzählung ist es, wie ihr hört, ein alter Mann, der spricht. Das bereitet mir fünfzig Jahre danach ein wenig Unbehagen. Sicher kann das Gegenwärtige das Vergangene verursachen und verändern! Nur die, welche nicht verstanden haben, dass das ganze Universum im Grunde genommen auf einmal gegenwärtig ist, glauben, dass Ursachen nur in die eine Richtung gehen. Wie oft habe ich nicht gesehen, dass Ereignisse, beispielsweise am Ende der achtziger Jahre, Dinge zutiefst beeinflusst haben, die mir in den fünfziger Jahren zugestoßen sind.

Es war eine Zeit, in der man Thomas Manns *Doktor Faustus* las und darauf wartete, dass unerwartete Mikroben das Gehirn zum Kochen bringen würden wie bei Adrian Leverkühn, es vom Lauen bis zum allzu Heißen aufwallen lassen und ganz neue, edle Substanzen hervorbringen würde. Es war die Zeit, in der noch neue Gedichtsammlungen von Gunnar Ekelöf und Bertil Malmberg erschienen, und hatte nicht Ekelöf selbst geschrieben:

Ich suche ein wertloses Gold
Ein Gold, das das Gold wertlos
macht, alles Gold!

Jaa. Das ist leicht gesagt. Verdammt leicht gesagt.

Es war mit anderen Worten einer der richtig schweren Schneestürme. Vestmanlands Läns Tidning, eine damals vielleicht etwas provinzielle, aber noch durch und durch anständige Zeitung, handelte am folgenden Tag von kaum etwas anderem als dem Schneesturm. Sogar die Weihnachtsdekorationen an der Stora gata, diese gelb blickenden Adventssterne, die in ihren grünen Girlanden hin und her schwangen und die nicht selten einen ganz rührenden Ausdruck annehmen konnten (als wären sie der letzte Versuch einer abgearbeiteten mehrfachen Mutter, Gemütlichkeit in einem Heim zu schaffen, das ständig von sechs kleinen Kindern und einem alkoholisierten Mann bevölkert wird, der mit aufgestützten Ellbogen am Küchentisch sitzt und darüber nachgrübelt, wie er erklären soll, dass der letzte Fünfer aus seiner Brieftasche verschwunden ist), waren zusammen mit einer nicht unbedeutenden Anzahl von Ladenschildern heruntergefallen. Damals gab es noch keine Neonreklame. Noch Tage später brachten die Zeitungen Meldungen von entlaufenen Katzen und älteren Damen, die in letzter Sekunde mit einem gebrochenen Bein im Graben gefunden worden waren, von eingestürzten Scheunen und Schuppen und ungeräumten Straßen.

Aber wie man auch blätterte und suchte: kein Wort über das wesentliche Ereignis. Wie alle verstanden haben, meine ich natürlich das mit Frau Sorgedahl und der Katze.

Im Vergleich dazu waren all dieser Schnee, all dieser Wind, all dieses vollständig unnötige Rauschen in den Bäumen ganz unwichtige Ereignisse. Und an diesen legendären Schneesturm hätte ich mich nie erinnert, wenn es nicht wegen Frau Sorgedahl und der Katze gewesen wäre.

Nach Hause zu gehen, mit einer gewissen Anstrengung gegen den Wind gebeugt und mit dem Rad, das sich in der rasch ansteigenden Schneetiefe immer schwerer schieben ließ, war keine wirkliche Strapaze. Es war ein Triumphmarsch. Und es war gut, sehr gut, dass diese langsame Wanderung heimwärts, die südliche Kyrkogata und den Skultunaväg hinunter und den lästig steilen Arosväg hinauf, so viel Zeit in Anspruch nahm.

Ich brauchte viel Zeit. Um an Frau Sorgedahl zu denken. An Frau Sorgedahls schöne weiße Arme. Und an die Katze.

Und daran, was das alles bedeuten mochte.

7

Die Wohnung

Ursprünglich – wenn man über so etwas als »ursprünglich« reden kann, also lange bevor der Studienrat Sture Westerberg, von dem ich in einem späteren Kapitel sensationelle Dinge erzählen werde, Mieter im Paradies da oben am Djäkneberget wurde, und lange bevor die schöne rothaarige Frau Sorgedahl mit den weißen Armen und ihr Mann dort wohnen sollten – hatte diese große dunkle Wohnung (die hartnäckig mehrmals in meinem Leben wiederkehren sollte und von der ich immer noch träume), die Wohnung, ja, das ganze Haus, Fritz gehört, dem Bruder meiner Großmutter.

In dieser Wohnung ging ich als Junge aus und ein. Sie war groß und dunkel und warm. Schon wenn man den Flur betrat und den großen Elchkopf eines Zehnenders über der Tür mit den dunkelroten Samtdraperien sah, die den Flur vom Wohnzimmer trennten, spürte man die Wärme. Sie kam aus einem der vielen Kamine und Kachelöfen. Hinter kleinen gelben Glitzerscheiben tanzten die Flammen. Die Sofas, weich und gerundet, hatten Schutzdeckchen, solche kleinen eleganten Decken, die eventuelle Haarpomade von zurückgelehnten Köpfen auffangen sollten. Die schweren Bücherregale aus Mahagoni besaßen Glastüren. Und wenn man an ihnen entlangging und genau hinschaute, schien es, als wären die Bücher schon lange nicht mehr herausgeholt worden. Es gab schrecklich langweilige Reihen mit Tegnérs und Wallins gesammelten Werken in feierlichen Lederbänden – aber auch Bücher anderen Schlages, in denen zu blättern viel mehr Spaß machte: die alten prachtvollen Ausgaben mit Goldornamenten und spannenden Titelbildern von Jules Vernes Romanen mit Bennets phantastischen Kupferstichen, Ingenieur Roburs Luftschiff über einer wilden und schwer zugänglichen Landschaft schwebend und Kapitän Nemos Nautilus in den seltsamen Urwäldern der Unterwasserwelt. Und ich fragte mich – schon als Neunjähriger –, wer eigentlich die Schriften von Johan Olof Wallin las. Ich erinnere mich, dass ich sogar überlegte, wie Johan Olof Wallin sich wohl da drinnen in der Dunkelheit des Glasschranks fühlte, wenn niemand seine Gedichte las. Wie steht es mit alledem, was vergessen wird und liegen bleibt?

Lange, ja wirklich lange nachdem Onkel Fritz gestorben und die Wohnung völlig ausgeräumt war, fand ich zwei entwickelte Filme mit dem angenehmen Format 6 x 9 in der Schublade eines kleinen Abstelltisches. Dieser Tisch, den ich meinerseits von meinem Vater geerbt hatte, landete irgendwann in den achtziger Jahren in einem meiner Zimmer hier im Magdalen College, nachdem er ein paar Jahrzehnte auf einem Speicher im nördlichen Västmanland gestanden hatte. Ich wusste, dass es eine Schublade gab, aber ich betrachtete sie als absolut unaufziehbar, bis der Tisch einen Sommer lang in Oxford gestanden hatte.

Aristoteles hat gesagt, es sei wahrscheinlich, dass etwas Unwahrscheinliches einträfe. Eines Tages sprang die Schublade von selbst auf, und die Rollen lagen ganz einfach da. Verstaubt, aber völlig intakt, wie es schien. Ich brachte sie zu einem Freund im Ashmolean-Museum, um zu hören, was man mit solchen alten Filmen macht. Vielleicht gibt es tatsächlich eine Möglichkeit, sagte er.

Was herauskam, waren die Bilder von Svedvi. Zuerst war ich ziemlich enttäuscht, diese eigentümlich klaren, gelblichen Bilder von einem ländlichen Feinkostladen zu sehen, dessen Besitzer und Personal sich vor dem Laden aufgestellt hatten. Als ich unter ihnen meinen eigenen Vater entdeckte, ungefähr sechzehn Jahre alt, wuchs mein Interesse. War es seine eigene alte Kastenkamera, die zur Anwendung gekommen war? Hatte er damals als Verkäufer in dem Laden gearbeitet? In diesen ersten Jahren nach der Schule waren es so viele ländliche Geschäfte, in denen er als Verkäufer und Fahrradbote und Laufbursche arbeitete. Und das Photographieren war damals, neben dem Schach, sein großes Interesse. Es muss Anfang der zwanziger Jahre gewesen sein, vielleicht 1922 oder 1923?

Ja, zuerst wirkten diese Bilder nur sehr alt und sehr trivial. Dann wurden sie immer interessanter.

Sie schienen, unbeholfen, aber sehr deutlich, von dem Leben zu erzählen, das er in den Jahren gelebt hatte, bevor er meine Mutter kennenlernte. Da gab es Freundinnen, die also auch meine Mutter hätten werden können, aber in dem Fall mit der selbstverständlichen Konsequenz, dass ich nicht ich gewesen wäre.

Da gab es Spaziergänge in winterlichen Landschaften mit jungen Damen in den Pelzmützen und mit den kräftigen Muffs jener Zeit, da gab es das gesamte Leben des Kanals mit Kanufahrern und Schiffern, am Mast auf ihren Yachten photographiert. Da gab es ein Blasorchester, vielleicht einen Antialkoholverein, auf dem Marsch mit einem stolzen Fahnenträger an der Spitze. Und all dieses Leben hatte so lange in dieser Schublade geruht.

Wie viel Leben mag es geben, das in Schubladen ruht? Ist vielleicht das ganze Weltall nur eine ruhende Schublade, eine Erinnerung an sich selbst?

Aber es war ja die Wohnung von Onkel Fritz, von der wir sprachen. Da gab es Palmen! Ob ihr es glaubt oder nicht, richtige Palmen! Ziemlich große in blauweißen Töpfen. Palmen, die einen wohlwollenden Schatten auf die weichen Ledersessel warfen, und Bücherregale mit Glastüren, die sich nur mit äußerster Vorsicht öffnen ließen.

In einem Sekretär gab es die steifen Karten für das Stereoskop, in dem alles durch eine geringe Veränderung des Sehwinkels, genauso groß, aber nicht größer als der Winkel zwischen den Augen eines Menschen, doppelt auftrat und diesen Bildern eine vollständige Illusion von Dreidimensionalität verlieh. Wie lächerlich nehmen sich heute die touristischen Ansichten vom Kilimandscharo und der Golden-Gate-Brücke aus! Und in einer anderen Schachtel, diskret in einem Geheimfach desselben Sekretärs untergebracht, einem Geheimfach, das nicht besonders schwer zu finden und zu öffnen war, die gleichen dreidimensionalen heimlichen Bilder, die pornographischen.

Onkel Fritz galt als reich. Ich habe bis heute nicht richtig verstanden warum. Mein Vater und ich sahen fast nie einen Menschen in seinem Geschäft, aber trotzdem schien er Geld zu verdienen. Zwischen den Konkursen. Der erste ereignete sich 1924. Es folgten noch einige weitere. Er hatte ein Motorboot mit Kabine und runden Fenstern unten im Hafen. In meiner Kindheit wurden wir mehrmals zu einem Ausflug auf dem Västeråsfjärden mitgenommen.

Vielleicht war er doch nicht reich? In seinem Herrenkonfektionsgeschäft unten in der Munkgata – in einem Viertel, das heute natürlich von vorn bis hinten nicht mehr wiederzuerkennen ist (das ganze Gebiet fiel in den sechziger Jahren einer umfassenden *Sozifizierung* zum Opfer, einer der schlimmsten im Lande, die von einer schönen alten schwedischen Holzstadt mit Handwerkerhäusern und Läden und prachtvollen Steinhäusern praktisch nur Parkhäuser und Kaufhäuser in Stahlbeton zurückließ) – gab es durchaus Anzüge, graue Trenchcoats von militärischem Aussehen und lange warme, schwarze Mäntel, die eher pastorenhaft wirkten, und Hüte und ein elegantes Messinggestell mit Regenschirmen und Spazierstöcken. Es sah kurz gesagt aus wie ein richtiges Herrenkonfektionsgeschäft, so wie ein solches in den einfacheren Ladenvierteln in den vierziger Jahren aussehen konnte. Daran gibt es keinen Zweifel. Aber ich kann mich nicht erinnern, dort je einen Kunden gesehen zu haben.

Vielleicht waren wir zur falschen Zeit dort, Papa und ich. Wenn wir mal vorbeischauten. Es kam nicht besonders oft vor. Wir wollten nicht stören. Schließlich waren wir nicht reich, und mein Vater wollte wie immer ungern den Eindruck erwecken, dass er etwas brauchte oder um etwas bitten wollte. Das ist in unserer Familie so üblich. Wir bitten nicht um Hilfe, selbst wenn wir am Ertrinken sind.

Vielleicht war Fritz auf eine andere Art reich geworden? Aber kaum durch eine Erbschaft. Denn dann wäre meine Großmutter ja ebenfalls reich gewesen. Und das war sie nachweislich nicht.

Vielleicht war seine sichtbare Geschäftstätigkeit nur ein Teil seiner Gesamttätigkeit? Was weiß ich? Wie hätte das zugehen sollen?

Ein Gedanke, der mir erst jetzt, in späteren Jahren gekommen ist – ich bin ja etwas skeptischer geworden, etwas besser wissenschaftlich geschult –, ist, dass er gar nicht reich war. Es mag so gewesen sein, dass er uns nur als reich erschien, weil unsere eigenen Lebensumstände einfacher waren.

Ich wuchs in einer Zwei-Zimmer-Wohnung auf, mit Balkon, Gott sei Dank mit Balkon. Aber sonst war nichts Besonderes daran. Eine Menge intellektuelle Schweden in meiner Generation ist in solchen Zwei-Zimmer-Wohnungen aufgewachsen und hat sich entwickelt. Diejenigen, die in meinem Alter sind, erinnern sich daran. Sie blieben im Lande. Ich landete aus reinem Zufall in Oxford. Und blieb dort. Irgendwo muss man ja bleiben.

Immer wenn die Herbstnebel ernstlich kommen und meine Bronchitis in Gang bringen, frage ich mich, ob ich lange genug leben werde, um all die Aufsätze und Bücher zu Ende zu schreiben, an denen ich mehr oder weniger intensiv arbeite.

Kürzlich kam mir in den Sinn, dass dies objektiv gesehen wohl mein letztes Jahrzehnt ist.

Wie konnte ich mich auf so viele verschiedene Dinge einlassen? Die Geschichte der Philosophie, besonders die der Renaissance und der Antike, ist im großen und ganzen das, womit ich mich mein ganzes Leben lang beschäftigt habe. Und abgesehen von dem einen oder anderen Abstecher nach Chicago und nach Yale – wo meine Kontakte jedoch am Austrocknen sind, weil alle, die mich einluden, alt geworden und pensioniert sind – habe ich mich hier in Oxford aufgehalten. Den einen oder anderen Sommer reise ich nach Schweden, aber öfter nach Schottland. Und nach Venedig, wo die Biblioteca Marciana eine Handschrift enthält, die noch keiner herausgegeben hat. Wenn die arme Menschheit eine Ahnung davon hätte, wie viele unveröffentlichte Handschriften es gibt!

Dann würde die Menschheit vermutlich nur gähnen.

Das Leben hat mich, mit anderen Worten, ziemlich in Ruhe gelassen. Und fast dasselbe kann ich von mir und dem Leben sagen. Aber natürlich habe ich hin und wieder das Gefühl, dieses Leben hier statt eines anderen gelebt zu haben.

Wer hat das im übrigen nicht?

Man vergisst leicht, dass es in diesem fast übermenschlich komplizierten System von Zeiten noch viele andere gibt. Einige liegen vielleicht, wenn man dem alten Professor Gibbs, dem Kosmologen, Glauben schenken will, gleich nebenan. Eingelagert in die unsichtbaren Falten der Zeit, die für mich sichtbar ist.

Meine jetzige Zeit, über die es nicht viel zu sagen gibt. Und die so anders ist als die Zeit damals. Die Straßen, der Geruch nach Zigaretten und Pubertät. Frau Sorgedahl und ihre schönen weißen Arme, die mich einmal verzaubert haben. Die Tochter des Gießers, die mich mochte, die vielleicht die Einzige war, die mich mochte. Aber damals verstand ich das nicht. Die Clique im Heizungskeller, von Mahlers todessüchtigen Symphonien überschattet. Gibt es einen wirklichen Zusammenhang zwischen meinen fünfziger Jahren in Västerås und diesen letzten Tagen in Oxford? Ja, gewiss.

Alles beginnt überall. Es gibt keine besondere Stelle, die der Anfang ist.

Fritz, der Bruder meiner Großmutter, besaß also eine sehr große Wohnung oben am Oxbacken in Västerås. War das der Ort, an dem wir uns aufhielten?

Ich erinnere mich an diese große dunkle Wohnung. Ein geheimnisvolles Portal aus dem Übergang vom 19. ins 20. Jahrhundert. Die dann von verschiedenen Mietern übernommen wurde, nachdem Fritz das Zeitliche gesegnet hatte oder wie man das heutzutage nennen mag. Dieselbe Wohnung wurde der Reihe nach zuerst von einem Holzhändler gemietet, der später wegen Verstoß gegen die Rationierungsverordnungen verhaftet wurde und Konkurs machte, dann von der mürrischen alten Witwe eines Dompfarrers, und schließlich vom Vater meines besten Freundes, dem Studienrat Westerberg, dem es tatsächlich auch schlecht ergehen würde, allerdings auf eine ganz andere Art.

Und zuletzt von der jungen, aus sich selbst heraus leuchtenden Frau Sorgedahl und ihrem Mann.

Es ist ja sonderbar, dass eine große alte Wohnung im zweiten Stock eines prachtvollen alten Hauses in meinem Leben eine so große Rolle spielen würde, ohne dass ich je dort gewohnt hätte.

Aber so ist es.

8

Die Möwen umkreisen unruhig das Haus

Das Haus wurde Das Paradies genannt.

Warum weiß ich nicht mehr. Vielleicht weil es im Verhältnis zu den umliegenden Häusern als zu groß galt, zu reich verziert mit verschiedenen Türmen und Erkern und Gesimsen. Ich meine mich zu erinnern, dass unterhalb des Hangs ein großes Haus lag, das Die Hölle genannt wurde. Ob das etwas mit der Sache zu tun gehabt hatte?

Jedenfalls war es ein imponierendes Gebäude, ein solides Stück 1890er Jahre. Mag sein, dass dieses Haus auch Wasserspeier besaß. Oder vielleicht ist das etwas, was ich im Nachhinein erfunden habe. In meiner Erinnerung zeichnet sich dieses Gebäude, rhetorisch und ein wenig zu hochmütig – nicht unähnlich einer Dame, die sich für einen gewöhnlichen Spaziergang zum Einkaufen hinunter zum Markt eine Spur zu elegant gekleidet hat – gegen dramatische Abendhimmel im Westen ab. Ob es Dohlenschwärme um die malerischen Türme herum gab, weiß ich nicht mehr. Die bevorzugten vermutlich eher den Kirchturm, der höher und feiner war.

Aber Tauben gab es. Auf all den merkwürdigen Borden und Vorsprüngen und Absätzen, die das Profil des Hauses bildeten, hielten sie sich auf. Ihre still jammernden Stimmen konnten an Gespräche zwischen alten Frauen erinnern, die im Wartezimmer des Doktors über ihre Gebrechen reden. Und sie beschmutzten die Ecken der Fassade mit ihrem hässlichen weißgrauen Kot.

Nur die Möwenschwärme vom Hafen, gewaltige Gangsterbanden, die sich hin und wieder landeinwärts auf Raubzug begaben und die großen Eichen und Eschen des Djäkneberget zu schätzen schienen, konnten noch mehr Lärm erzeugen. Die Tauben mit ihren ängstlichen Bewegungen und ihren melancholischen Monologen erinnerten mich an meine Mutter, die Möwen an meine Schulkameraden, besonders diejenigen, die nicht in einer normalen Stimmlage sprechen konnten, sondern immer laut brüllten, vor allem, wenn sie Handball spielten.

Eine Sportart, die ich verabscheute, weil sie offenbar nur unter lautem Schreien und Rufen ausgeübt werden konnte.

Ich bin mehr für die Stille.

Onkel Fritz, wie ich ihn nannte, obwohl er eigentlich nicht mein Onkel war, sondern etwas Komplizierteres, nämlich der Onkel meines Vaters – auf die Sache mit den Verwandtschaftsverhältnissen habe ich mich nie gut verstanden – wohnte im zweiten Stock. Er hatte eine feine Eingangstür, deren Flügel aufgeschlagen werden konnten, wenn er an Weihnachten und Neujahr Gäste empfing. An dem rechten Türflügel hing ein braunlackierter

Briefkasten aus Blech mit einem kleinen Gitter darunter. So konnte man sehen, ob Post gekommen war.

In einer späteren Phase, als das Ehepaar Sorgedahl dort wohnte, wurde der Briefkasten ungeheuer wichtig. Man wusste, ob sie zu Hause oder verreist waren.

Die Wohnung blieb natürlich nicht ganz dieselbe. Bei meinen letzten Besuchen, also zur Zeit des Ehepaars Sorgedahl, war sie eher asketisch möbliert. Die Einrichtung hatte keine Ähnlichkeit mehr mit den schweren alten Eichenschränken mit Rittern und Jungfrauen im Halbrelief, den dröhnenden Standuhren, den tiefen Ohrensesseln von Onkel Fritz.

Hier galten jetzt ganz andere Regeln. Schlichtheit in weißem Holz und die anspruchsvolle Anspruchslosigkeit von Malmsten und Bruno Mathsson. Hier herrschte der Geschmack der fünfziger Jahre und sonst nichts.

Einfache Sessel aus Stahlrohr, weiße Wände, Bücher in Stringregalen. Die typische Einrichtung für ein junges Ingenieurspaar in der damaligen Zeit, das keinen Grund hatte, von Ort zu Ort viel Mobiliar mitzuschleppen. Das einzige, was aus dem Rahmen fiel, war das stattliche Bett, ein Plateau für Schlaf und Genüsse, welches das stille Schlafzimmer zum Hof hin ganz auszufüllen schien. Wo nur das Gurren der Tauben und das leichte Zuklappen von einem Mülltonnendeckel den Frieden stören konnte.

Zwischen der Zeit von Onkel Fritz und der des Ehepaars Sorgedahl gab es auch die des Studienrats. Armer Westerberg!

Die Zeit des Studienrats war eine Zwischenzeit. Ein paar geerbte und einige gekaufte Möbel, alles ziemlich verschlissen von Jahren und Söhnen, die dazu neigten, jedem Zimmer etwas von ihrem eigenen Temperament und ihren eigenen Beschäftigungen aufzuprägen. Der Studienrat hatte viele Kinder und enorme Schulden. Er kaufte zeit seines Lebens nicht viele neue Möbel.

Die Zeit von Onkel Fritz war die Blütezeit der Wohnung. Da war sie Urwald, Märchenwelt und fremdes Land. Ein Möbellabyrinth, in dem man nie richtig entscheiden konnte, wo man sich hinsetzen sollte. Die Zimmer waren durch schwere Portieren getrennt, in denen sich der Staub sammelte. Die Bilder an den Wänden waren dunkel, ernst. Von keinem besonderen künstlerischen Wert. Es war die Art von Bildern, die uns schon aus großem Abstand sagen, dass sie Bilder sind und uns nicht mehr zu sagen haben als eben dies. Man könnte sagen, dass sie im Grunde nichts anderes abbilden als sich selber.

In der Zeit der Sorgedahls war die Wohnung bereits mit Zentralheizung ausgestattet. Doch immerhin waren noch die Kachelöfen übrig geblieben. Der prachtvollste von allen war ein Stück Fayence im Esszimmer, groß wie ein kleines Haus, mit Blumenornamenten, die sich den ganzen Weg vom Boden bis zur Decke emporschlängelten.

Ich war schon im Alter von neun Jahren dort gewesen und hatte das Donnern in den hohen weißen Kachelöfen gehört und vernommen, wie die dünnen, goldenen Messingluken im Zug klapperten. Wie die allzu empfindlichen Nüstern eines Drachen.

Aber am bemerkenswertesten war doch der große Eisenofen im Flur, ein solides Stück Gusseisen, das mit Kohle beheizt wurde, die man in einem eigentümlich stiefelförmigen Behälter verwahrte. Ich fand es wunderbar, die schnellen, tanzenden Flammen durch die Glimmerscheiben zu beobachten. Einerseits war ja schon ein Fenster, das nicht schmolz, obwohl es da drinnen weißglühend heiß war, eine Merkwürdigkeit, und andererseits war es eine Erinnerung an etwas, woran meine Großmutter glaubte, ich aber nicht: die Hölle.

Eigentlich fand ich es schade, dass Die Hölle, ebenso wie Das Paradies, nur mythologische Orte waren, geeignet für die seltsam verdrehten Phantasien alter Frauen. Mir wäre es eigentlich recht gewesen, wenn es eine Hölle gegeben hätte. Es gab mehr als einen Feind, den ich gern dort gesehen hätte. Meine hemmungslos brutale Volksschullehrerin zum Beispiel, die imstande war, dem einen oder anderen Armeleutejungen ins Haar zu greifen und seinen Kopf hin und her zu werfen, bis er von der Bank fiel. Oder die Typen von der andern Seite des Köpingsväg, die einen auf dem Weg bergauf überfallen und einem eine Abreibung mit schmutzigem, kratzenden Schneematsch erteilen konnten, wenn man nicht aufpasste und sich rechtzeitig versteckte.

Die hätte ich alle gern in der Hölle gesehen. In Ermangelung eines solchen Ortes hatte ich etwas anderes, einen Höllenhund, einen Famulus, eine Art zottigen Dämon, den ich einer der vielen wahnwitzigen Geschichten aus dem Övre Svartådalen entnommen hatte. Und den pflegte ich auf meine Feinde zu hetzen, Schulwegfeinde und andere.

Manchmal konnte ich spät nachts wach liegen und den Hund, unsichtbar, aber furchterregend, durch Straßen und Wege, die Treppen hinauf und zu den richtigen Türen dirigieren. Die er natürlich passierte, und zwar ohne jede Anstrengung.

Mal war dieses Geschöpf meiner Phantasie erfolgreich, mal nicht. Dem einen oder anderen meiner Feinde erging es tatsächlich schlecht. Richtig schlecht. Einer wurde von einem Müllwagen im Rückwärtsgang überfahren, ein anderer ertrank im Fluss, als er zwischen den Eisschollen hin und her sprang. Der Name der bösen Lehrerin fand sich plötzlich unter den Todesanzeigen. Dieser Hund schien für Kompromisse nicht viel übrig zu haben.

Mit anderen schien er dagegen nicht fertig zu werden. Sie fuhren fort zu leben und Ärger zu machen, ohne jedes Interesse für meine schamanistischen Riten.

Oder lag es vielleicht daran, dass der Hund einfach mehr Zeit brauchte? Vielleicht liegt er immer noch hinter einer Straßenecke vor einem Altersheim in den östlichen Stadtteilen auf der Lauer und wartet darauf, dass ein müder alter Herr sich auf einen Spaziergang hinaustraut?

Ein müder alter Herr, der mir vor siebzig Jahren in einem Hauseingang eine Abreibung verpasst und seit sechzig Jahren vergessen hat, dass ich überhaupt existiere.

Er wird sich wundern.

Manchmal, viel später im Leben, habe ich eine solche Versuchung verspürt. Aber gezögert. Ich weiß nicht, ob ich diese Gabe noch besitze.

Wenn ich jetzt, von einem sozusagen reiferen Standpunkt aus auf dieses Alter von neun, zehn, elf zurückblicke, kann ich nicht umhin, darüber zu staunen, welche enormen Ressourcen von Liebe und Hass sie bargen. Die kaum zu einer vernünftigen Anwendung gelangten.

Wo kommen alle ungenutzte Liebe und aller ungenutzte Hass hin? Gibt es dafür ein Reservoir, in dem sie sich sammeln können?

Um nun zu dem zurückzukehren, wovon ich sprach, dieser Wohnung in dem Jahrhundertwende-Haus. Es wollte also der Zufall, dass ich sie in drei verschiedenen Phasen ihrer Geschichte erleben sollte, mit drei völlig verschiedenen Bewohnern, auf völlig verschiedene Art möbliert und ausgestattet, und mit Lebenserlebnissen, Leidenschaften, Entdeckungen verbunden, die einander so unähnlich waren, dass sie ebenso gut auf verschiedenen Planeten oder Erdteilen hätten stattfinden können.

Ich hatte diese mächtigen Zimmerpalmen gesehen, auf Piedestalen platziert, die einen königlichen Schatten auf tiefrote Plüschsofas warfen. Ich hatte mich in dunklen Korridoren verirrt, die zu Küche und Anrichtezimmer führten, und ich hatte probeweise auf die kleinen, weißen elektrischen Klingelknöpfe gedrückt, die über Esszimmertisch, Rauchertisch und Teetisch hingen.

Onkel Fritz machte einen Konkurs nach dem anderen. Und trotzdem behielt er das Haus. Oder etwa nicht? Ich erinnere mich nicht mehr im Detail. Ihm gehörte ja das Haus: Man wird es also verkauft haben. Und schließlich machte er einen Konkurs, dass es nur so krachte. Für ihn war das nicht mehr so schlimm, da er ein paar Jahre danach verstarb, untergebracht in einer sehr bescheidenen Mansarde bei einem seiner Brüder, dem Klempner Westerberg in Hallstahammar. Aber es bedeutete, dass ich mehrere Jahre lang von etwas ausgesperrt blieb, was meine Phantasie wirklich beflügelt hatte.

Ich sollte die Wohnung erst wiedersehen, als mein Klassenkamerad und Freund Folke, der Sohn des Studienrats, dort mit Eltern und Geschwistern einzog. Es war in der 1950er Jahren, und die Köpmangata war schon Einbahnstraße, die Stora gata hatte ihre ersten Ampeln bekommen.

Es war nicht mehr dasselbe. Beim Studienrat war alles so viel schlichter. Er hatte keine Palmen, und falls es Portieren gab, erinnere ich mich nicht daran.

Dann erkrankte der Studienrat und zog aus. Das ist eine Geschichte, die es wert ist, erzählt zu werden. Und danach kamen die Sorgedahls.

9

Von dem guten Studienrat Westerberg und seinen Leiden

Studienrat Westerberg, ein entfernter Verwandter von Onkel Fritz und einer seiner Nachfolger in dem alten Haus, welches Das Paradies genannt wurde, der Vater von Folke und Robert, die beide meine Schulkameraden waren, wobei Robert eine Klasse über mir war, und einiger noch ziemlich kleiner Töchter, ihre Namen habe ich mir nie gemerkt, dieser nette Studienrat wurde also, um eine lange Geschichte abzukürzen, vom Schwarzen Tod befallen, der asiatischen Beulenpest. Die im 14. Jahrhundert ziemlich große Teile der Bevölkerung Europas ausgerottet hatte.

Das war jedenfalls die Erklärung, die man fand. Ob er nun wirklich davon oder von etwas anderem befallen war, ist nicht leicht zu sagen. Dieses andere wäre unter allen Umständen etwas noch Schlimmeres gewesen.

Studienrat Westerberg erwachte eines Morgens auf eine ungewohnt unangenehme Art und schon mit einem sehr unbehaglichen Gefühl im Körper.

Er wachte auf, ging ins Badezimmer und stellte fest, dass etwas nicht stimmte. Er hatte eine eigentümliche, große Pustel, einen Ausschlag oder eine Beule, wie man es nun nennen soll, an seinem Hals. Zuerst ging er davon aus, dass es eine Art *optische Täuschung* sein musste. Das hätte ich an seiner statt auch gedacht. Jeder hätte das gedacht.

Aber wie er sich auch drehte und wendete, sie wollte nicht verschwinden. Es fiel ihm schwer, sie ernst zu nehmen. Die Klasse von bockigen, albernen pubertierenden Schülern, die er um acht Uhr unten im Gymnasium zu treffen hatte, würde sie bestimmt auch entdecken. Vor allem, da Schlips und Kragen, die damals zur normalen Ausstattung eines Gymnasiallehrers gehörten, nicht zur Anwendung kommen könnten. Nein. Es war kein wirklich vielversprechendes Publikum, das ihn erwartete. Es würde hemmungslos lachen.

Wie er da vor dem Spiegel stand, begriff der Studienrat, dass ihm an diesem Morgen tatsächlich etwas zugestoßen war, was ihn auf eine diskrete, aber entscheidende Art vom Rest der Menschheit unterschied.

Ein Studienrat am Gymnasium von Västerås trägt Schlips und Kragen. Und tritt ohne Pestbeulen am Hals auf. Besonders an einem schönen Frühlingsmorgen im Jahr 1954, wenn mehrere Vogelarten bereits angefangen haben, oben auf dem Berg ihren morgendlichen Lärm zu veranstalten, und die Sonne an einem wolkenlosen Himmel flammt.

Studienrat Westerberg kannte Hunderte, ja, vielleicht Tausende von Vogelarten. Er wurde es nie leid, sie in ihrer staubigen und ausgestopften Gestalt hervorzuholen und auf den Tisch des Biologiesaals zu stellen. Ein altes Grammonophon krächzte und pfiff dazu ihre Laute hervor.

Für mich klangen sie alle genau gleich. Und waren alle gleich störend an diesem Morgen Ende April, Anfang Mai, an dem man gehofft hatte, noch sieben, acht Minuten schlafen zu können, bevor es an der Zeit war, all die lebensgefährlichen Hänge zum Gymnasium hinunterzuradeln.

Jeden zweiten Tag war es besonders schlimm. Denn dann wurde eine völlig idiotische Sportart ausgeübt, die Morgenandacht genannt wurde. Dreihundertfünfzig schläfrige Teenagerstimmen blökten widerwillig einen dieser tristen und vor allem völlig unbegreiflichen Choräle hervor, die das Gesangbuch bis zum Bersten füllten, ein pickliger junger Religionslehrer, der sich nicht allzu sehr mit Unverständlichkeiten abmühte, versuchte, die Partei des Guten gegen das Böse zu ergreifen, nicht selten als Masturbation und heimliches Rauchen definiert, und Folke spielte die Orgel. Das war ein Spezialauftrag. Er galt als sehr musikalisch und war eine Art Anführer in unserer Gruppe von jungen Musikhörern. Diese Gruppe, die sich gewöhnlich zu Hause bei seinem Vater, dem Studienrat Westerberg traf, bevor dieser von der Pest befallen wurde.

Das führte dazu, dass wir Frau Sorgedahl kennenlernten, aber das ist eine andere Geschichte, zu der zu gelangen mir vielleicht glücken wird. Um hierher zu gelangen, habe ich fünfzig Jahre gebraucht. Um dort hinzugelangen, werde ich hoffentlich bedeutend weniger Zeit brauchen.

Ein Leben, das anfängt, lang zu werden, hat mich gelehrt, dass das meiste, was passiert, sogar das Unangenehme, trivial ist. Langweilige Menschen erleiden langweilige Knochenbrüche, langweilige Charaktere leben langweilige Leben. Dieses seltsame Bedürfnis, sich »zu engagieren«, sich auf die eine oder andere Weise hervorzutun, sei es als Ministerpräsident oder als Kassierer in der Wohnungsbaugenossenschaft, hat, davon bin ich überzeugt, damit zu tun, dass das Leben grundsätzlich langweilig ist.

Ich selbst bin ein glücklicher Mensch. Ich habe diese Sache mit der Langeweile durchschaut, und wenn man sie durchschaut hat, kann sie einem nichts mehr anhaben.

Ich bin ein glücklicher Mensch. Ja. Denn ich habe verstanden, dass die Seele sich, genau wie die Urinblase, immer so weit füllt, wie sie kann. Die Seele ist immer ausgelastet. Der große Finanzmann in seinem prachtvollen Büro, an zwei Telefonen gleichzeitig hängend und dabei die Börsenberichte auf einem Monitor verfolgend, und der Strafgefangene in seiner Zelle, der seit Wochen das Projekt verfolgt, eine fette Hausfliege dazu zu bringen zu kommen, wenn er pfeift, sind im Grunde genommen gleichermaßen von dem erfüllt, was sie tun. Nicht mehr und nicht weniger. Es gibt keine leeren Käselöcher im Bewusstsein. Und deshalb ist die Langeweile des Lebens keine Eigenschaft des Lebens. Sie ist etwas, was wir mit ihm machen.

Wie unendlich langweilig wären diese Morgenandachten gewesen, hätte ich nicht erkannt, dass sie nicht langweiliger waren als etwas anderes. Das Leben ist ein großes leeres Gesicht, und es ist an uns, es zum Lächeln oder zum Sprechen zu bringen.

Ich bin ein glücklicher Mensch.

Wenn ich in der Zeitung von all diesen Fanatikern lese, die sich für die eine oder andere Sache opfern, schlimmstenfalls dumm genug, sich selbst zugunsten von etwas anderem zu vernichten, all diese Menschen, die nichts anderes sind als lebende Verneinungszeichen, denke ich, welches Glück das ist: sich eigentlich nie für etwas engagiert zu haben. Nein, nicht einmal in dem Maß, das jemand anders aufgebracht hätte, um wenigstens einen Leserbrief über das zu schreiben, was ihm am Herzen liegt. Die Kehrseite der Medaille, oder dasselbe Glück, ist eine Art Zerstreutheit. Manchmal erschreckt mich die ungeheure Leichtigkeit, mit der ich aufbreche, mich von Menschen und Banden löse. Abschied nehme, ohne Bedauern und ohne Freude. Wer Abschied nehmen kann, kann sich eigentlich nie langweilen. Aber es ist vielleicht ein bisschen schwer zu erklären, warum das so sein muss.

Fünfzig Jahre lang hatte ich Frau Sorgedahl völlig vergessen. Ihre schönen weißen Arme, ihren Schoß, der sich füllte und feucht wurde, ihre Seufzer und ihre lauten, rehartigen Schreie, ihre starken Arme um meine jungen Hüften. Ihre langen roten Zöpfe, die manchmal in meinen Mund gerieten, auf die ich biss, als würde ich sie nie mehr loslassen. Diese Frau Sorgedahl, die das Tor zum Leben war, hatte ich ganz einfach vergessen. Wie konnte ich Frau Sorgedahl vergessen?

Ich beherrsche also eine Kunst: behutsam alle Bande zu lösen.

Aber das, was dem Studienrat Westerberg zustieß, war wirklich nicht trivial. Ich glaube, dass es ihn ein für alle Mal aus dem Trivialen hervorhob. Er genas, habe ich das schon erzählt? Aber er wurde nie mehr ganz der alte. Jetzt, kurz nach dem Zweiten Weltkrieg, gab es Penizillin. Das hatte es im 14. Jahrhundert nicht gegeben.

Das Gesicht, das der Studienrat an diesem Frühlingsmorgen 1954 im Spiegel sieht, ist eher kindlich als erwachsen. Die Haare, noch braun und dicht, teilen sich in einem korrekten Mittelscheitel. Seine Augen hinter der Brille mit dünnem Goldrand sind blau, fast unwirklich blau. Blau wie der Himmel oder wie ein See an einem ungewöhnlich schönen Frühlingsmorgen wie diesem.

Vielleicht sind sie so blau, weil ihm das Gesicht, in das er hineinblickt, seinen eigenen Tod zu enthalten scheint. Wie gern hätte der Studienrat diese Pustel entfernt, die da so unbestreitbar an seinem Hals saß wie eine Einbildung, eine typische Einbildung, ein ganz fremder Einfall. Der vor allem nicht das Geringste mit ihm zu tun hatte. Er unternimmt eine ernsthafte Anstrengung, sie wegzudenken. Psychische Anstrengungen können manchmal sehr effektiv sein. Diese jedoch war es nicht. Das einzige, was passierte, war, dass seine sehr abstehenden Ohren rot wurden. Das Gesicht des Studienrats Westerberg war eigentlich rund. Außerdem war es bleich, sehr bleich. Wie eine Art wohlgeformtes, aber nicht fertig gebackenes Brötchen. Die Kombination von hochroten Ohren, teigig bleichem Gesicht und einer tiefblauen Pustel am Hals, die mit jeder unglückseligen Minute zu wachsen schien, drohte, dem Studienrat zu viel zu werden. Er rief laut nach seiner Frau, die gerade im Begriff war, die gekochten Eier und den Haferbrei aufzutragen.

Der Schularzt, der strenge ehemalige Regimentsarzt Hammarsten mit dem Kurzhaarschnitt, auch er begriff es nicht viel besser:

– … eine Art Erguss …

– Ja, Herrgott, das sehe ich doch selbst. Deswegen bin ich doch hier.

– Nun, wir müssen abwarten und sehen, ob es verschwindet.

Pünktlich, wie von einem unerbittlich tickenden Uhrwerk gelenkt, fand sich am nächsten Morgen Pustel Nummer zwei ein. Sie war eine Spur größer als die vorige, genauso tiefblau, genauso bedrohlich, genauso unbestreitbar wie die erste. Aber in einem plötzlichen Ausbruch von Originalität hatte dieser seltsame Gast sich am rechten Arm platziert, direkt über dem Ellbogen.

– Erguss oder nicht, was zum Teufel es auch sein mag, aber noch ein solcher Erguss, und ich bin tot, sagte sich der Studienrat und nahm ein Taxi zum Centrallasarettet.

Dies passierte in den fünfziger Jahren, einer Zeit, in der es noch ziemlich leicht war, einen Arzt zu sprechen, wenn man nur mit einem einigermaßen interessanten Leiden ins Krankenhaus kam. Und dieses war zweifellos interessant, darüber waren sich der Oberarzt und sein Assistenzarzt rasch einig.

– Es ist unwahrscheinlich, höchst unwahrscheinlich. Es muss ein Irrtum sein, sagte sich der Oberarzt Berg, putzte seine Goldrandbrille mit dem Taschentuch, faltete es penibel zusammen und beugte sich noch einmal über das Binokularmikroskop, wo ein bläulicher Mikrotomschnitt von dem Erguss des Studienrats dem prüfenden Blick des Fachmanns willig seine labyrinthische Landschaft darbot, auf jene scheußliche Art, wie nur die Natur es vermag.

– Das ist unmöglich, stöhnte der Oberarzt, ein ziemlich roher Mann, gewohnt an den Umgang mit einer sinnlosen und unbarmherzigen Natur.

– Hol mich der Teufel, ich glaube es nicht!

Der verdammte Studienrat hat die asiatische Beulenpest bekommen.

Die asiatische Beulenpest. *Morbus bubonicus*.

– Wie bitte?

– Den Schwarzen Tod mit anderen Worten.

Der große Massenmörder, der gnadenlose Rächer des 14. Jahrhunderts, die Strafe Gottes. Die bereits ein oder vielleicht zwei Jahrzehnte früher aufgetreten war, ehe sie sich ernstlich ausbreitete. Ein paar ungewöhnlich trockene und kalte Wüstenjahre im fernen Asien, als die großen schwarzen Ratten aus ihren gewohnten Gebieten in der Taklamakanwüste vertrieben wurden. Sie begannen ihre lange und hartnäckige Wanderung zum Abendland. Und erreichten Europa an dem Tag, heißt es, als ein Schiff in Genua landete.

Noch Jahrhunderte später findet man verlassene Kirchen in tiefen Wäldern, Burgruinen, überwucherte Felder, wo einst die Dörfer blühten. Bevor die Heimsuchung kam.

Wo kann diese geheimnisvolle Mikrobe überwintert haben? Wo hat sie sich aufgehalten? Und warum taucht sie nach Jahrhunderten am Hals eines Studienrats auf?

– Werde ich sterben?

– Selbstverständlich. Natürlich werden Sie sterben, Herr Studienrat.

– Wann?

– Das weiß ich nicht. Ich hoffe, es dauert noch eine Weile.

– Aber …

– Kein Aber. Heutzutage gibt es Penizillin. Machen Sie sich keine Sorgen, Herr Studienrat. Die Krankheit muss durch Rattenkot übertragen worden sein. Sind Sie kürzlich in Ihrem Keller gewesen?

– Wir lagern da Kartoffeln. Vielleicht habe ich um die Kartoffelkiste herum gefegt … Aber …

Der Studienrat nahm sein Penizillin.

Und siehe da, der Schwarze Tod verschwand, zurück in sein dunkles Mittelalter.

Und der Studienrat Westerberg?

Ihm blieb ein dramatisches Schicksal erspart. Noch in den siebziger Jahren konnte man ihn in der Stadt sehen, hat man mir gesagt, denn ich lebte seit Jahrzehnten nicht mehr da, einen rundlichen und bleichen kleinen Herrn mit Spazierstock und Goldrandbrille und einer riesigen Aktenmappe, die er immer dabei zu haben schien. Als er noch ein aktiver Gymnasiallehrer war, hatte das sicher einen Sinn, dicke Bündel von blauen Schreibheften herumzutragen. Aber jetzt? Vielleicht trug er die Mappe mit sich herum, weil sie wie ein alter Hund geworden war, an den man sich als Begleiter auf seinen Spaziergängen so sehr gewöhnt hat, dass man einfach nicht mehr ohne ihn ausgehen kann.

Da lief er durch die damals noch schönen Straßen der Stadt, die breiten Alleen, die sich im Sommer in grüne Tunnel verwandelten, und durch die engeren, von Holzhäusern gesäumten Gassen. Wo die Machthaber der neuen Zeit bald ihre Baggerschaufeln einsetzen würden, um Platz für ihre Kaufhäuser und Beerdigungsunternehmen zu schaffen. Bis es Zeit wäre, alles wieder abzureißen und an die Stadtränder umzusiedeln. Aber das war dann schon in den neunziger Jahren, und inzwischen wäre Studienrat Westerberg seinem unausweichlichen, aber stark verspäteten Tod begegnet.

Noch spazierte er durch die Stadt. Straßauf, straßab, mit einem Stetson auf dem Kopf, mit Spazierstock und Aktenmappe. Er spazierte auf eine so gleichmäßige und energische Art durch die Stadt, dass es aussehen konnte, als suche er nach etwas. Es ging das Gerücht, dass er nach dieser Krankheit nicht mehr ganz der Alte war. Das ist vielleicht nicht so verwunderlich. Suchte er nach dem seltsamen Schicksal, dem er um Haaresbreite entgangen war? Oder suchte es vielleicht nach ihm?

Jetzt, da der Schwarze Tod ihn mit seiner gewaltigen Sense gestreift hatte, beschloss er, nicht mehr in diesem alten Haus am Djäkneberget wohnen zu bleiben. Es schien, als glaube er, dass das seltsame Ereignis irgendwie mit der Wohnung zu tun hatte. Vielleicht hatte er Recht damit. Er konnte nachts nicht mehr ordentlich schlafen. Er meinte, Ratten über die Böden laufen zu hören.

Kurz, er zog um. Mit allen Kindern und seiner Frau und all seinen Büchern und Vogelferngläsern. Aber nur quer über die Straße, in ein genauso exzentrisches altes Haus, das an der Rückseite ein paar ruhige Wohnungen und an der Straßenseite ein paar kleine Läden besaß. Einen Tabakladen, in dem es aus irgendeinem Grund immer nach alten Zitronen roch, einen Blumenladen, einen Laden für Kristallvasen. Diese Art von Kristallvasen, die man kauft und zu einem fünfzigsten Geburtstag verschenkt, die der Empfänger seinerseits zu einem anderen Gedenktag verschenkt und so weiter, bis man an seinem eigenen sechzigsten Geburtstag eine Kristallvase bekommt, die der, die man einst kaufte und zu einem fünfzigsten Geburtstag verschenkte, so sehr gleicht, dass man unmöglich erkennen kann, ob es dieselbe ist oder nicht.

Und auf diese Weise wurde eine ziemlich große und bequeme Wohnung mit Kachelöfen und gekachelten Badezimmern im sogenannten Paradies frei.

Die Wohnung von Onkel Fritz war zu vermieten.

Und als das Ehepaar Sorgedahl in die Wohnung des Studienrats einzog, waren wir dort schon heimisch. Wir pflegten uns ja an den Freitagabenden in Folkes Zimmer zu treffen und endlose, todessüchtige Symphonien von Mahler und Bruckner zu hören, wenn der Rest der Schule zum Tanzen ging. Wir lasen Gedichte aus Zeitschriften wie *Salamander* und *Femtital* und unerträglich erregende Novellen von Maupassant und Henry Miller aus *Erzähler aus aller Welt*.

Frau Sorgedahl und ihr stets gleichbleibend schüchterner und unverbindlicher Mann ließen uns großzügig in ihr sparsam möbliertes Wohnzimmer ein, um etwa dieselbe Musik wie zuvor zu hören, aber diesmal auf ihrem Plattenspieler von der damals neuen und imponierenden Marke Bang & Olufsen.

Sie fand uns unterhaltsam.

Jetzt ist das leicht zu verstehen, aber damals war es unfassbar.

Dass sie uns unterhaltsam finden konnte.

Vielleicht fühlten sich die beiden Eheleute irgendwie einsam in der Stadt. Ich glaube nicht, dass die anderen Ingenieure bei ASEA besonders unterhaltsam waren.

Nicht immer war es so. Manchmal blieb die Tür mit dem gelbbraunen Briefkastenschlitz geschlossen, wie sehr wir auch den Schlüssel der Klingel drehten. Und manchmal wurden wir empfangen, als ob wir wichtige Gäste wären. Es gab kein System. Es würde auch nie eins geben. Das sollte ich mit der Zeit entdecken, dass die Launenhaftigkeit die tiefste Natur von Frau Sorgedahl war.

Ganze drei Schulhalbjahre verkehrten wir dort. Wir sprachen über Musik, wir hörten Musik, wir diskutierten über die neuen Bücher, die es zu lesen gab, und über die alten, die wir entdeckten, eines nach dem anderen.

Das, was es vor der freundlichen Wohnung der Sorgedahls gegeben hatte, war in dem Zusammenhang kaum erwähnenswert. Es war unser heimliches Klublokal: der Heizungskeller.

10

Die Gesellschaft im Heizungskeller

Das Wichtige kann in Kürze erzählt werden:

Die Tür war aus schwerem Metall, der Riegel wie ein Hebel, der aussah, als sei er eher für einen prähistorischen Riesen gemacht als für einen Menschen. Es war eine alte Tür von einem Luftschutzkeller oder vielleicht eine Brandtür, die von einem geizigen Baumeister hier wiederverwendet worden war, und sie öffnete sich mit einem schrillen und einsamen Laut, der uns immer einen Schauer über den Rücken jagte.

Man hätte glauben können, dass dies eines der vielen unterirdischen Tore zur Hölle war. Wäre man abergläubisch gewesen, hätte man sich vorstellen können, dass es in der Stadt viele solche Tore in alten Luftschutzkellern aus Kriegszeiten gab, in unterirdischen Lagerräumen und in den Tunneln der Elektrizitätswerke. Und dass ein gewisser Verkehr stattfand, nicht nur hinein, sondern auch hinaus aus diesen unterirdischen Toren. Wie hätte man sonst ein Geschöpf wie Oberstudienrat Slipsten erklären können?

Und ähnliche Phänomene.

Dämonen kletterten in aller Stille ins Mondlicht hinaus, um die Stadt in Besitz zu nehmen. Oder kamen sie vielleicht nur in mondlosen Herbst- und Winternächten?

Natürlich könnte es sein, dass keine irdische Frau ihn geboren hatte. Dass er aus unbeschreiblich schmierigen Substanzen im abgelegenen Winkel eines Tunnels aufgestiegen war, vielleicht genau dort, wo dieser tief unter einem Friedhof verlief, oder vielleicht unter dem großen, mit Kohle betriebenen Dampfkraftwerk, wo Kohlestaub, vermengt mit altem, abgestandenen Kühlwasser, von oben herabgetropft, einer Wärme von vierzig Grad ausgesetzt worden war. Kurz, dass eine Mischung vom gleichen Schlag wie sie gewissen Biologen zufolge zur Entstehung von Leben auf der Erde geführt hatte, Oberstudienrat Slipsten hervorgebracht hatte. Zwar schien dies in diesem Fall bemerkenswert schnell gegangen zu sein, verglichen mit den biologischen Zeitaltern, die unsereinen in einer seltsamen Symbiose von gezähmten Bakterien und Zellkernen geschaffen hatten. Aber wer weiß? Vielleicht hatte die Natur ein Talent, sich zu beschleunigen? Vielleicht war sie lernfähig?

Es waren solche Fragen, und viele andere, die wir gewöhnlich im Heizungskeller diskutierten, statt unsere umfangreichen Aufgaben in Griechisch und Latein zu machen, oder wie Benke und ein paar andere in der Gruppe den Spezialkurs in Mathematik. Es machte uns einfach mehr Spaß, uns zu unterhalten.

Hinter der schweren Tür hörte man das starke Blasgeräusch einer Dampfstrahlpumpe. Die Warmwasserpumpe summte, das Ventil schlug manchmal, wenn der Ölstrahl mit einer kleinen Verspätung zündete, was ausreichte, um eine kleinere Explosion im Heizkessel zu verursachen, ursprünglich ein Kohleheizkessel aus den Kriegsjahren, der für Ölheizung umgerüstet worden war. Der Heizungskeller befand sich in dem Zweifamilienhaus, in dem Benke mit seiner Mutter und seinem etwas exzentrischen älteren Bruder wohnte, wo er keinen anderen Raum hatte, in dem er Kameraden empfangen konnte. Die Familie wohnte in einem Zimmer mit Küche, und dort gab es keinen Platz für gesellschaftliches Leben.

Das Problem war, dass unsere Diskussionen oft Zeit brauchten und dass es an den Straßenecken, wo wir sie, über die Fahrräder gebeugt, zu führen pflegten, sehr kalt werden konnte.

Dies war das genaue Gegenteil: ein Heizungskeller, in den man an den Winterabenden einfach hineinschleichen und sich eine Weile unterhalten konnte. Denn es war ein warmer Ort.

Der Raum war kahl, aber es gab ein paar Gartenstühle, einige davon mit nur drei Beinen, so dass man sorgfältig balancieren musste, wenn man sich auf sie setzte. Dies war der zweite Ort, an dem wir uns aufhalten konnten. Frau Sorgedahl war nicht immer willens, uns hereinzulassen und uns ihren warmen Tee anzubieten.

Nicht in allen Häusern und Villen gab es damals, Mitte der 1950er Jahre, eine Ölheizung. Aber es gab sie in dem still verfallenden Zweifamilienhaus oben auf dem Jakobsberg, ganz in der Nähe des Paradieses, wo Benke wohnte.

Es war wirklich ein Problem, einen Ort zu haben, zu dem man gehen, an dem man sich aufhalten konnte. Meine Mutter wurde leicht hysterisch, wenn man ungebetene Gäste, das heißt Schulkameraden, mit nach Hause brachte. Man riskierte, dass sie anfangen würde zu schreien und sie hinauszuwerfen, so dass man einige Freunde für immer verlor. Und sagte man im voraus Bescheid, traf sie so lächerlich übertriebene, so pedantische Vorbereitungen, mit Tortenbacken und fünf Sorten Gebäck und feinen kleinen Servietten, alles eine Woche oder zwei im voraus, dass man sich schämte, je wieder Gäste nach Hause einzuladen.

Es waren eigentlich nur die reichen Familien in den Villen in Stallhagen, bei denen die Kinder ordentliche eigene Zimmer hatten und ihre Freunde empfangen konnten, wie oft oder wie selten sie wollten. Das war ja das einzige, was junge Menschen brauchten, einen Ort, an dem sie miteinander reden – nicht selten auch miteinander flirten – konnten, ohne zu erfrieren.

Wenn ich heute die Studenten entlang der Broad Street und der High Street hier unten bei All Saints zu ihren Lieblingspubs vorbeiradeln sehe, kommt mir manchmal in den Sinn, wie ungeheuer dürftig der Umgang mit anderen Jugendlichen im Västerås der fünfziger Jahre war. Ich glaube nicht, dass ich vor dem Abitur ein Restaurant besucht habe. Jedenfalls kein richtiges. Möglicherweise eine Milchbar oder eins der Norma-Lokale bei einem meiner seltenen Stockholmbesuche. Lokale, in denen man nicht an den Tischen bedient wurde, sondern an einer Theke Schlange stand und seine Portionen von einer wenig enthusiastischen, in der Regel älteren, alles andere als glamourösen Frau zugeteilt bekam.

Die meisten versammelten sich an der Wurstbude. Und wenn wir uns nicht einmal eine gekochte Wurst mit Senf und Ketchup leisten konnten, trafen wir uns an der Straßenecke.

So etwas wie der Heizungskeller mit seiner schweren Luftschutztür, seinen kahlen Wänden und ramponierten, aber durchaus brauchbaren Gartenstühlen – die oben an der Oberfläche der Welt in dem verwildernden Garten längst durch neue ersetzt worden waren – und der ab und zu donnernden Flamme im Kessel, der oft so stark vibrierte, dass man sich fragte, ob er nicht bald zusammenbrechen würde – das war auf seine Weise ein ideales Klublokal.

Kein ungebetener Gast kam hierher. Benke hatte eine Art Hausmeisterauftrag, in der kalten Jahreszeit nach dem Kessel zu sehen, wenn er von der Schule nach Hause kam, so dass ihm niemand vorwerfen konnte, dass er sich dort aufhielt. Und warum sollte er nicht ein paar Freunde mitbringen? In Wahrheit fragten wir niemanden um Erlaubnis. Worüber sprachen wir vor dem heißen, donnernden Heizkessel? Natürlich von Mädchen – und was man mit ihnen machen konnte und was man gern mit ihnen machen würde.

Aber manchmal war dieser Heizungskellerklub auch nicht ganz unähnlich einem Doktorandenseminar in Oxford oder Uppsala.

Draußen war die eiskalte nordische Winternacht, wo die Flocken um die eine oder andere der spärlich platzierten Straßenlaternen herumwirbelten. Und der kühl feindliche Sternenhimmel, der signalisierte, dass es jenseits davon ein geheimnisvolles Universum gab. Wie Kant diese eiskalte äußere Welt mit dem sittlichen Gesetz in uns vergleichen konnte, war mir völlig unbegreiflich.

Aber vielleicht erlebte der Philosoph das sittliche Gesetz genau so. Das sittliche Gesetz war im übrigen ein genauso schwer fassbarer Begriff wie die Seltsamkeiten der Christen.

Sie konnten so rätselhaft und salbungsvoll daherreden wie die Jungen Andersson, die mit dem Bus von Hallstahammar kamen, die Söhne des Predigers. Die ganz schön lästig werden konnten, wenn sie anfingen zu fragen, ob man erlöst war, und andere Unbegreiflichkeiten. Wir fühlten uns als Rationalisten und scheuten uns nicht, den erlösten Jungen die grausamsten Fragen zu stellen. Vielleicht gab es da auch eine kleine Spur von Neid? Es konnte ja tatsächlich so scheinen, als hätten diese tränenseligen Söhne des Predigers etwas erlebt, das wir nicht erlebt hatten?

Was bedeutete zum Beispiel ein Wort wie »Erlösung«? Dass man mit den drei Aktivitäten aufhörte, die das Leben lebenswert machten: ficken, rauchen und saufen?

Wie auch immer: die Leute gingen in ihren Wintermänteln und Krimmermützen und dicken gehäkelten Schals herum und faselten von »sittlichem Gesetz« und

»Sünde« und »Erlösung« und all dem anderen, was sie sich einfallen ließen. Die mächtige Wolke der Heimatgalaxie, eine Spirale, in der wir uns irgendwo weit draußen an der Peripherie befanden, wo die Kräfte maßvoll genug waren, um zu erlauben, dass Leben wuchs und sich differenzierte, stand in jeder einsamen Nacht als eine unerhörte Illustration all dessen da, was außermenschlich und öde war, und der Übermacht des Außermenschlichen und Öden.

Wir hingegen waren junge Atheisten, junge Zyniker – und ich glaube, wenn ich mich recht erinnere, auch junge Nietzscheaner. Uns konnten keine Konfirmationskurse etwas anhaben, und unser Philosophielehrer, der alte Religionslehrer Johansson, fürchtete sich schon davor, sich auf Debatten mit uns einzulassen. Wenn er lästig wurde, konnte man ihn immer effektiv zum Verstummen bringen, indem man ihn zu Frege, Gödel und Russell hinlockte. Namen, die für uns das Allerneueste und Interessanteste waren und für ihn kaum etwas anderes als Namen. Er schien eine fast abergläubische Angst vor dem Fach zu haben, in dem er unterrichtete.

Wir sahen uns den Sternenhimmel an. Wenn wir kamen und wenn wir gingen. Er war eine Herausforderung für all das Geschwätz, für allzu übereifrige Typen, die zu wissen meinten, wie es sich eigentlich mit diesem und jenem verhielt.

Es gäbe, weit draußen, behauptete Benke gelesen zu haben (aber vielleicht bin ich es, der es fünfzig Jahre später gelesen hat, das ist sogar wahrscheinlich, da die Entdeckung sehr modern klingt), weit draußen gäbe es also erwiesenermaßen einen sehr großen Planeten, der um eine riesige Sonne kreist, viel größer als die unsere, und dessen Oberfläche ein einziges, gleichförmiges Meer bildet.

Das klingt doch gut, nicht wahr? Es ist nur so, das zeigen die fraunhoferschen Linien, dass dieses Meer aus flüssigem Eisen besteht. Flüssiges Eisen, versteht ihr? Das seit Jahrmillionen, vielen, vielen Jahrmillionen wogt – nein, nicht wogt, eher plätschert.

Was ist daran so bemerkenswert, sagt ihr. Das ist Natur. Auch das ist Natur.

Eine Sache, die zu Streit führte, war, als Claes-Herman uns die entfernteste Galaxie zeigen wollte, die man mit einem gewöhnlichen Fernrohr erkennen konnte. Er behauptete, sie zu sehen, hin und wieder – die Koordinaten fanden wir in den umliegenden Sternbildern, wie Knut Lundmark, der große Galaxiensammler und Katalogverfasser sie in einem seiner populären Bücher beschrieben hat –, wenn er die Peripherie des Sichtfeldes benutzte und das Fernrohr ganz still hielt.

Mir gelang es jedenfalls nicht, ich sah nur tanzende, schwache Sterne, und ehrlich gesagt glaubte ich ihm nicht. Aber die Idee war fesselnd: dass Photonen, die beinahe eine Milliarde Jahre unterwegs gewesen waren, schließlich landen, endgültig landen und nach fast endlosen Wanderungen einen Hafen zwischen den Stäbchen und Zapfen im Augenhintergrund eines achtzehnjährigen Schweden finden würden. War das wirklich ein sinnvolles Ende einer so langen Reise? Ja, vielleicht war es das.

Das Wichtigste von allem war doch wohl, gesehen zu werden. Bevor man für immer aus dem schmalen Brunnen der Existenz verschwand? Jetzt hatte diese uralte Galaxie mit all ihren Millionen Sonnen endlich die Chance, gesehen zu werden.

Oder war das nicht ein wenig hochmütig? Konnte es nicht jemand anders geben? Der sie ebenfalls sah?

Wir diskutierten oft darüber, ob nicht – in einer ausreichend großen Welt, die lange genug existiert – alles, was möglich ist, also physikalisch möglich, auch verwirklicht wird. So musste es doch sein? Und in diesem Fall ist natürlich die irdische Biologie, die irdische Intelligenz, überhaupt keine Ausnahme, sondern eher eine von einer unendlichen Menge ähnlicher Intelligenzen. Und, natürlich, der Intelligenzen, die diese Intelligenzen ihrerseits erschaffen haben: mächtige Mathematikmaschinen. Die, genau wie wir, über die Welt nachdachten.

In dieser Galaxie, zusammengestürzt, ausgebrannt, seit unfassbarer Zeit in einen unendlich engen Tunnel von Schwerkraft verwandelt, können ja unzählige mögliche Wesen gelebt haben und gestorben sein. Und ebenso sinnlos, ebenso etikettenlos wie wir.

Das war ein wichtiger Punkt, etwas, das in Erinnerung zu behalten war: die Welt war ein Ort, der ohne Etiketten zur Verfügung stand. Sagte Benke und rutschte näher an den Heizkessel, der sich gerade mit einem Fauchen wieder in Betrieb gesetzt hatte.

Von dort aus kamen wir auf irgendeine Weise zu logischen Schlussfolgerungen und Entscheidbarkeiten. Was Gödels Beweis eigentlich bewies, sagte Claes-Herman, sei, dass es in der Welt der logischen Schlussfolgerungen nie eine Art Mehrheitsbeschluss geben konnte. Er hatte gerade das Buch von Nagel und Newman zu Ende gelesen, aber das sagte er nicht. Er wollte uns gern glauben machen, dass er sich selbst mit dem Beweis vertraut gemacht habe.

Wenn alle wahren Sätze in einem formalisierten System aus einem Axiom hergeleitet werden könnten, könne man sicher sein, dass das System widersprüchlich sei: es müsse immer wenigstens eine Wahrheit geben, die nicht aus dem Axiom herzuleiten war. Genauso wie es immer ein paar Regeln geben müsse, die nichts mit dem Willen der Mehrheit zu tun haben, sagte Folke.

Genau; zum Beispiel, dass die Mehrheit nicht beschließen durfte, die Minderheit hinzurichten. Wie es die deutschen Nazis vor nicht allzu langer Zeit getan hatten.

Erst fiel es mir etwas schwer, die Ähnlichkeit zu sehen. Dann sah ich sie. Es musste eine Art von Regeln geben, dachte ich mir. Die ihre eigene Rechtfertigung waren. Und keine andere brauchten. Und sich nicht aus irgendetwas herleiten ließen.

Ich glaube, es war dieser Punkt, von dem aus wir auf Oberstudienrat Slipsten zu sprechen kamen. Wir waren uns einig, dass etwas getan werden musste. Er war schon längst zu weit gegangen.

11

Slipsten versenken

Meine Mutter hatte unter all ihren sonderbaren und total exzentrischen Erzählungen eine, die von Pastor Dufvenbergs Hund handelte.

Ich weiß noch, dass sie einen sehr tiefen Eindruck auf mich machte. Im Moment kann ich mich nicht genau an die Handlung erinnern, aber es ging um einen dieser gescheiterten Pastoren draußen auf dem Lande, die sie mit Vorliebe in ihre Erzählungen aufnahm. Dieser Dufvenberg hatte einen Hund, eine Art Dämonenhund, den er angelockt hatte und den es eigentlich nicht gab.

Der sich aber als höchst nützlich zum Schutz vor seinen Feinden erwiesen hatte. Und zur Verteidigung gegen sie.

Auch ich hatte einen solchen Hund.

Einen Nullhund natürlich – Elemente in der leeren Klasse, hatte Carnap gesagt, sind *Null-Dinge*. Gab es *Null-Dinge*, musste es doch auch *Nullhunde* geben, seltsame Tiere, die weder zu fressen noch zu trinken brauchten, nicht Gassi geführt werden mussten und deren totaler Mangel an Gebell die Nacht erfüllte und die Menschen dazu brachte, sich unruhig im Schlaf zu bewegen, da es allzu still geworden war.

Ein paar Jahre lang hatte ich tatsächlich einen solchen Nullhund als Begleitung. Wo ich ging und stand. In der Schule lag er unter meiner Bank, und wenn es wirklich nötig gewesen wäre, hätte ich ihn auf wen auch immer hetzen können: auf den aufgeblasenen Französischlehrer, oder warum nicht gleich auf den wirklichen Feind? Warum sich nicht mit dem Zentrum befassen, von dem aus alle bösen Impulse in dieser Schule ausstrahlten? Warum sich nicht auf Oberstudienrat Slipsten persönlich stürzen?

Der Nullhund, mein Nullhund, verschwand mit der Zeit. Aber nicht ohne mir den einen oder anderen wertvollen Dienst erwiesen zu haben. Manchmal frage ich mich, wie ich ihn dafür belohnt habe. Meine Erfahrung sagt mir, dass alle solche Dinge bezahlt werden müssen.

Manchmal habe ich mich – früher und in einem anderen Seminar, als wir uns in die mittelalterliche Philosophie verirrt hatten und besonders zu den mittelalterlichen Realisten – gefragt, was geschieht, wenn ein Nullhund verschwindet.

Wird er vielleicht wirklich? Wenn das, was nicht existiert, aufhört zu existieren, müsste es doch vernünftigerweise imstande sein, den nicht ganz anspruchslosen Schritt in die Welt der Wirklichkeit hinein zu tun.

Es war ganz klar, dass dieser Mann anfing, ein Problem zu werden. Dieser leichenblasse, leicht nach vorn gebeugte Physiklehrer, Oberstudienrat Slipsten, war schon lange ein Gräuel für die kleinen Jungen auf der Realschule. Er hatte die Angewohnheit, sich ihnen von hinten zu nähern, sie an den Schultern zu packen und sie auf eine Art zu schütteln, die noch unbehaglicher war als die Methode des cholerischen Magisters Aalborg, der sie mit seinen weichen, abgetragenen Schweinslederhandschuhen ohrfeigte. Der, ein aufbrausender, fetter kleiner Teufel, hochrot im Gesicht, stets am äußersten Rand des Schlaganfalls zu balancieren schien. Ohne abzustürzen.

Oberstudienrat Slipsten hingegen war nie cholerisch. Er war ruhig. Er war kalt. Eiskalt. Vielleicht war gerade das der Grund, warum er für uns als die Personifikation des Bösen erschien. Was hatten die kleinen Jungen angestellt, um von Oberstudienrat Slipsten die Korridore entlang verfolgt, eingeholt, an den Schultern gepackt und geschüttelt zu werden, bis sie vor Schmerzen brüllten?

Dafür gab es viele Anlässe. Sie pfiffen im Korridor. Sie warfen Schneebälle an die Wand. Die frechen kleinen Rangen waren imstande, zu zweit oder zu dritt nebeneinander zur Schule und von dort nach Hause zu radeln, so dass sie den Verkehr behinderten.

Verkehr gab es in den frühen fünfziger Jahren kaum – der schwedische sogenannte Individualverkehr war gerade dabei, sich von der drastischen Einschränkung der Kriegsjahre zu erholen, und die lange, verlassene Kristiansborgsallé sah eher aus wie die Ostberliner Stalinallee als eine schwedische Kleinstadtstraße. Der eine oder andere Lastwagen donnerte vorbei, um nach einer Weile auf die uralte Landstraße nach Norrheden und Sala einzubiegen, ansonsten waren es nur vereinzelte Schneeböen, die dort entlangfegten.

Und Oberstudienrat Slipsten auf seinem hohen

schwarzen Fahrrad, schwarz gekleidet, mit Gamaschen über den Schuhen und einem Schlapphut, der bei den Geschwindigkeiten, die er auf seinem Fahrrad bisweilen erreichte, hätte herunterfallen müssen, es seltsamerweise aber nicht tat. Diesen Hut nahm er, wie es schien, nie ab. Nicht einmal im Klassenzimmer, wo er seine Schüler mit erstaunlich langweiligen Lektionen in Mathematik und Physik quälte. Seine Physik hatte wenig mit dem großen, tiefen Weltall zu tun. Sie hatte einen eigentümlich nach innen gewendeten Charakter, als könnte sie von nichts anderem handeln als von sich selbst. Slipsten liebte die geneigte Ebene, auf der die Körper sich beschleunigen, und seine Astronomie bestand aus Apogäum und Hypogäum, dem Aufgang und dem Untergang und den Phasen des Mondes, eine im Grunde völlig bedeutungslose Pedanterie, die wenig mit den wirklichen wissenschaftlichen Fragen zu tun hatte. Meinten wir. Dass sich die Planeten ausgerechnet in dem Abstand von der Sonne befanden, in dem sie nun einmal standen, waren ja pure uninteressante Zufälle. Das Interessante war ja, warum es überhaupt Planeten gab.

Davon wusste Oberstudienrat Slipsten gar nichts.

Der Mann war wirklich ein unerträglicher Pedant. Wenn die kleinen Jungen von der Realschule Schneebälle an die Kalksteinwände der Schule warfen – die eine solche Behandlung natürlich sehr gut vertrugen und es bereits ungefähr ein Jahrhundert lang getan hatten –, kam er mit einer sehr großen Kastenkamera an und photographierte die Schneeflecken an der Wand, bevor sie wegschmelzen konnten.

Was machte er auf der Kristiansborgsallé? Holte die Sünder auf seinem Fahrrad ein, drängte sie gegen eine Hauswand und begann ein Verhör, bei dem die Antworten nicht selten von der einen oder anderen beinharten Ohrfeige beschleunigt wurden.

Mit Begeisterung schlüpfte er in die Rolle des Polizisten.

Kurz, er gab den Realschuljungen, die auch wir einmal gewesen waren, einen sehr lehrreichen Unterricht darüber, wie heimliche Polizeikorps, Diktaturen und Gefangenenlager funktionierten.

Nur an die Gymnasiasten hatte er sich bislang nicht herangetraut. Aber in letzter Zeit, also um die Osterferien 1954 herum, begann es brenzlig zu werden. Er hatte unsere Gruppe entdeckt und spürte wohl mit der Art von Intuition, die nur Dämonen haben können, dass wir ihn hassten. Dass wir etwas ausbrüteten.

Vielleicht waren wir noch keine geheime Gesellschaft, aber wir wurden es. Er machte uns dazu. Während ich jetzt hier im Jahre 2002 im Common Room von Magdalen sitze und im Guardian von islamistischen Fundamentalisten und irischen und baskischen Sprengstoffattentätern lese, fällt es mir eigentlich nicht besonders schwer zu verstehen, wie sie dazu wurden.

Nur dass wir keinen Sprengstoff brauchten, keine Kalaschnikow. Wir traktierten Slipsten – ich fürchte, der eine oder andere von uns zog es vor, ihn Scheißsten zu nennen, aber das gehört eigentlich nicht zur Geschichte – mit viel einfacheren, viel subtileren Mitteln.

Wir benutzten, könnte man sagen, keine anderen

Sprengstoffe als die, welche von Anfang an da waren, im Inneren von Oberstudienrat Slipsten selbst. Wir aktivierten sie, ließen sie wachsen und sich erweitern, bis sie ihn von innen zersprengten. Eigentlich waren es die Prinzipien der alten ostasiatischen Kampfkunst, die wir benutzten. Wir richteten die Stärke des Gegners gegen ihn selbst. Und machten unsere eigene Sanftheit zu unserer Stärke. Aber das war uns, denke ich, kaum bewusst.

Er hatte eine eigentümliche Art, herumzu*schleichen*. Er war zu jeder Zeit überall. Doch die Dämmerung und das bleiche winterliche Morgengrauen waren seine Hochzeiten, wenn all die in seinem Charakter schlummernden Gifte sich zu einer einzigen kochenden dämonischen Essenz vereinigten, einer Schwefelsäure, einem Scheidewasser, einem ätzenden Scheißwasser, das den ganzen Tag braun färben konnte. So ekelhaft war dieser magere, leichenblasse Oberstudienrat, dass er einen Eindruck verbreitete, als hätte alles, worauf er den Blick warf – der Sonnenaufgang, die Fahrradständer, die graue Wand der Schule, die hohe Turmspitze des Doms –, plötzlich seinen Wert verloren.

Ja, dieser Oberstudienrat Slipsten hatte ein Talent: Er konnte die Dinge wertlos machen.

Wie gesagt: Er schlich. Er schlich sich in alle Ecken und Winkel der Existenz und beraubte sie all des Sinns, den sie einmal gehabt hatten.

Versteckt in einem abgelegenen Verschlag neben den unbeschreiblich schmuddeligen Toiletten des Hauptgebäudes konnte er die Gespräche und was sonst noch dort vor sich ging belauschen. Er konnte sich plötzlich eingeklemmt in einer schmalen Fensternische befinden, in dem dunklen Korridor zwischen dem Biologischen Museum (ein seltsamer Ort, der unter anderem menschliche Föten in vergilbtem Spiritus aus der uralten von Stadtarzt Boström gestifteten Sammlung enthielt, Föten in verschiedenen Stadien der Entwicklung, allesamt stehen geblieben, brutal aufgehalten mitten in ihrer Entwicklung zum Menschen oder Tier, Schweinelungen in Woodschem Metall, nicht unähnlich seltsamen Bäumen, und ein echtes ausgestopftes Eichhörnchen mit zwei Köpfen), zwischen dieser anatomischen Sammlung also und dem Physiksaal, wo er manchmal so tief im Schatten saß, dass man ihn leicht selbst für einen Schatten hätte nehmen können, wartend und lauschend. Aufmerksam wie ein grauer Reiher, der im Regen auf seinem Stein am Wasser steht und weiß, dass früher oder später ein Fischrücken da unten in dem dunklen Wasser aufblitzen wird.

Lauschend und spähend. Wonach? Das weiß man nicht. Nach etwas, dem er auf der Spur war.

Dieser sonderbare Oberstudienrat Slipsten hätte leicht in jedes geheime Polizeikorps Eintritt finden können. Er hätte dessen Chef werden können. Vielleicht war er wirklich Mitglied in einer solchen Organisation. Oder – wahrscheinlicher – er war seine eigene totalitäre Organisation.

Einer entsprechenden Karriere, die ihn mit Leichtigkeit zu höchsten Posten in der SMERZ oder dem KGB hätte führen können, in der STASI Ostdeutschlands, ganz zu schweigen von der GESTAPO des Deutschen

Reichs, wo er wie die Hand in den Handschuh gepasst hätte, zog er es vor, in seiner Verkleidung zum Physiklehrer an einem schwedischen Gymnasium eine eigene, dämonische Ordnung in den Korridoren und allem, was es dazwischen gab, aufrechtzuerhalten. Hier konnte er sein eigener Auftraggeber sein.

Zwar hieß es, der Chemielehrer Kurtén, allgemein Das Gas genannt, nach einer Episode mit Schwefelwasserstoff, dessen Geruch irgendwie aus dem Abzugsschrank entwichen war und sich in der ganzen Schule ausgebreitet hatte, hätte einmal in einem Wutausbruch eine Flasche Schwefelsäure nach dem monströsen Oberstudienrat Slipsten geworfen. Ohne andere Wirkung als eine große Beule an der Stirn des Verhassten. Die Flasche, eine schwere, solide Chemieflasche mit eingeschliffenem Pfropfen, hatte standgehalten. Ich möchte wissen, was geschehen wäre, wenn sie zersplittert wäre.

Und warum wollte sie nicht zersplittern und das Gesicht des Verhassten in einem reinigenden Bad von gewaltigen, munter zischenden chemischen Reaktionen auslöschen? Vielleicht empfand die Schwefelsäure eine heimliche Verwandtschaft mit diesem Geist und wollte ihn erhalten? Was weiß ich.

Die Wahrheit ist, dass ich nichts weiß. Ich erzähle nur.

Zum Herbst 1953 hin, also bevor die meisten der Ereignisse, die ich angedeutet habe, stattfanden, wurde uns ziemlich klar, dass der Dämon Slipsten uns auf der Spur war. Wir vom Heizungskeller waren also eine geheime Organisation, eine subversive Gruppe? Natürlich nicht.

Aber er schweißte uns zusammen. Er war eine echte Bedrohung, und wir wussten das. Die Devise war, er oder wir. Wenn er Erfolg hätte – ein Gedanke, den zu denken wir verabscheuten –, würde keiner von uns es bis zum Abitur schaffen.

Dafür würde Oberstudienrat Slipsten sorgen.

Er fing damit an, dass er ein paar von uns aus der Heizungskellergruppe wegen heimlichen Rauchens drankriegte. Schon das war eine ernste Sache. Es konnte, ja es führte ausnahmslos zu einer schlechten Note in Betragen, und das war ein Jahr vor dem Abitur nicht gut. Es passierte selten, dass jemand da oben in den alten Einfahrten zwischen den Holzgebäuden wegen Rauchens erwischt wurde. Das war verboten. Und vermutlich zu Recht verboten. Es war nur so, dass sich die Lehrer normalerweise nicht einmischten. Schließlich gab es Absprachen, heimliche Vereinbarungen darüber, was man tat und was man nicht tat. Und es kam ja vor, dass einige der jüngeren Hilfslehrer selbst dort eine durchzogen.

Aber Oberstudienrat Slipsten jagte gern in diesem Revier.

Jetzt fehlte nur noch, dass er bei einer unserer Klassenarbeiten die Aufsicht hatte. Egal, was wir taten oder nicht taten – er würde immer behaupten können, dass wir gemogelt, uns gegenseitig Zettel geschickt oder eigentümliche Signale durch die Stille des Saals gesendet hätten. Und wir würden unsere Unschuld nicht beweisen können: er würde uns festnageln, wir würden es nie bis zum Abitur schaffen.

Das gesamte Kollegium hatte Angst vor diesem Slipsten. Sein Herumschleichen führte natürlich dazu, dass er nicht nur das Leben der Gymnasiasten, sondern auch das der Kollegen genauer kennenlernte: das Interesse einiger an süßen Jungen in den unteren Klassen, das sich ein gutes Stück über das pädagogisch Notwendige hinaus erstreckte, die höchst ungewöhnlichen pornographischen Bilder, die der bleiche Hilfslehrer unter der Orgelbank in der Aula versteckte, die eigentümlichen nächtlichen Sitzungen des Chemielehrers mit Kolonnenapparaten zur Destillation und Titerfiltern im Laborsaal, wer weiß, ob es wirklich seine ewig andauernde Dissertation war, an der er arbeitete?

Darüber und über viele andere Geheimnisse wusste der schleichende Oberstudienrat vermutlich genug, um seinen Willen in so ziemlich allem durchzusetzen, falls es im Kollegium zu Meinungsverschiedenheiten kommen sollte.

Solche gab es nicht. Dieses Kollegium hatte keine Meinungsverschiedenheiten.

Wir beschlossen, schnell zu handeln. Schon am selben Tag, an dem Benke und Lennart beim heimlichen Rauchen erwischt worden waren, hielten wir im Heizungskeller eine nächtliche Krisensitzung ab. War es nicht, als ob der Heizkessel lauter und wütender dröhnte als je, wenn der Thermostat ihn in Gang setzte und die unbarmherzige weiße Flamme, ganz liebevoll, die Rohre des Wärmeaustauschers streichelte?

Oberstudienrat Slipsten traf stets vierzig Minuten vor der Morgenandacht ein und stellte sein großes schwarzes, sorgsam geöltes, gereinigtes und geputztes Herrenrad in den speziellen Lehrerfahrradständer mit dem schützenden Dach aus Wellblech. Er versah den Sattel mit einem Regenschutz und schloss das Fahrrad sorgfältig ab. Zu dieser Tageszeit war es natürlich das einzige im ganzen Ständer. Auch wir fanden uns dort ein. Und wir versetzten das Fahrrad diskret und still genau um einen Stellplatz weiter nach rechts im Ständer, so dass das schwarze Fahrrad, steif und eine unangenehme, unpersönliche Bosheit ausstrahlend, sehr nah, aber nicht genau an dem Platz stand, an den er es gestellt hatte. Als hätte eine mächtige Uhr einen ihrer Zeiger um einen Strich weiterbewegt. Einen einzigen. Nicht mehr. Aber zweifellos einen Strich. So wie jeder Strich auf einer anderen und noch größeren Uhr uns unerbittlich auf unseren eigenen Tod hinführt.

Natürlich hatten wir keine Möglichkeit, die Folgen zu überwachen. Das Fahrrad stand den ganzen langen Novembertag über dort, wo es stand, und es war durchaus möglich, dass Oberstudienrat Slipsten nicht vor Einbruch der Dunkelheit in sein dunkelbraunes Doppelhaus zurückkehrte. Die Chance, dass er einen Unterschied bemerken würde, war minimal. War sie das wirklich?

Am nächsten Morgen, der zufällig der Morgen war, an dem der erste Schnee dieses Jahres fiel – er fiel im Jahr 1953 ungewöhnlich früh – versetzten wir das Fahrrad diskret um noch einen Stellplatz nach rechts. Der Schnee, der immer dichter fiel, löschte unsere Spuren aus.

– Das Wichtigste, sagte Benke, ist, dass wir ganz konsequent vorgehen. Wir müssen jeden Tag weitermachen. Nie mehr als eine Stelle weiter nach rechts, bis wir die rechte Seite erreicht haben. Aber wir dürfen es nicht immer zur gleichen Tageszeit tun. Sonst besteht die Gefahr, dass er uns entdeckt. Es muss der Eindruck entstehen, als würde jemand einfach sein Fahrrad losmachen und es sich für eine Weile ausborgen.

– Das Wichtige, sagte ich, ist, dass er sich selbst gegenüber misstrauisch wird – nicht gegenüber jemand anderem.

– Wir dürfen ihn vor allem nicht unterschätzen, sagte Claes-Herman. Wenn wir allzu große Schritte tun, wird er nur glauben, dass jemand darauf aus ist, ihn zu ärgern. Die Schritte müssen klein sein, so klein, dass sie fast unmerklich sind. Aber sie müssen bemerkbar sein.

Es war richtig, dass Cleas-Herman uns daran erinnerte.

Einige Vorschläge der dramatischeren Art, etwa, das Fahrrad an eine andere Seite des Schulhofs zu versetzen oder den hässlichen braunen Sattel gegen einen ebenso hässlichen schwarzen auszutauschen, wurden aus demselben Grund abgelehnt. Wir wollten dem Oberstudienrat Slipsten keine Chance geben, seine Probleme auf die Außenwelt zu schieben.

Die Dramen, die ihn erwarteten, waren ausschließlich eine Sache zwischen ihm und seinem Fahrrad.

Also blieben unsere Fahrradversetzungen diskret, und vor allem unregelmäßig. Es konnten Tage vergehen, an denen wir gar nichts machten. Und dann konnte das

Fahrrad plötzlich einen munteren Sprung weiter im Ständer machen. Aber wir blieben immer beim selben Gestell.

Für die Beobachter, die wir in seinen beiden Gymnasienklassen eingesetzt hatten, gab es mindestens zwei Wochen lang absolut nichts zu berichten.

Slipsten war genauso leichenblass, langweilig und dämonisch bösartig gegen die ganze Welt wie immer. Natürlich ist es nicht ganz leicht zu entdecken, ob jemand, der immer pathologisch misstrauisch ist, der konstant in einem Zustand lebt, den man vermutlich sonst nur bei den Doppelspionen totalitärer Mächte findet, plötzlich noch misstrauischer geworden ist.

Alle Eingeweihten hielten nervös Ausschau nach Zeichen. Das einzige, was möglicherweise als ein schwacher Hauch des Erfolgs gedeutet werden konnte, war, dass jemand einen *Tic* zu beobachten gemeint hatte, ein leichtes, aber unverkennbares Zucken im rechten Augenlid des Oberstudienrats.

In der dritten Woche hatte Ann-Charlotte – ein Mädchen, das Claes-Herman gern als seine Freundin bezeichnete, obwohl sie es im Grunde genommen nicht war, sondern nur eine Freundin in spe – eine neue Tendenz bei Oberstudienrat Slipsten bemerkt.

Neben all seinen eigentümlichen Angewohnheiten (zum Beispiel, sich die Nägel mit einem eleganten Taschenmesser zu reinigen, um anschließend nachdenklich das Abgekratzte in den Mund zu stecken) hatte er sich eine neue zugelegt. Er konnte jetzt überraschend einen endlos langgezogenen und langweiligen Gedankengang über das Verhältnis zwischen Masse und Geschwindigkeit – die Energie war nicht gleich der Masse mal Geschwindigkeit, wie Leibniz es einmal gedacht hatte, sondern, wie Newton so richtig bemerkt hatte, gleich der Masse mal Geschwindigkeit im Quadrat, was verdammt viel mehr Energie ergab – unterbrechen, um ohne die geringste Vorwarnung zur Tür hinauszurennen.

Und gleich wiederzukommen.

Diese eigentümlichen Ausbrüche oder Ausflüge waren zunächst ziemlich selten, wurden aber nach ein paar Wochen sozusagen frenetisch. War der Mann von einer gerechten Vorsehung mit einer Art chronischer Entzündung der Eingeweide geschlagen, die ihn dazu brachte, während einer Unterrichtsstunde mehrmals auf die Toilette zu rennen, und zwar in unregelmäßigen Abständen? War es vielleicht die Folge der ungesunden Gewohnheit, den eigenen Schmutz unter den Fingernägeln aufzuessen? Jemand – ich weiß nicht mehr, wer – folgte ihm eines Nachmittags diskret hinaus auf den Korridor. Es gab ja immer die Möglichkeit zu behaupten, dass man helfen wollte. Aber es zeigte sich, dass er gar nicht zum Lehrerzimmer und dessen Toilette unterwegs war. Er rannte hinaus auf den Schulhof, verschwand um die Hausecke herum, wo ziemlich viele Fahrräder geparkt standen, und kehrte mit der Geschwindigkeit eines Hundertmeterläufers zurück. Es gab offenbar etwas, was er kontrollieren wollte. Und nur wir wussten, was.

Unter dem Dröhnen der Kraftstoffpumpe, welche die Ventile wie in einem heimlichen Einverständnis vibrieren ließ, notierte die Gesellschaft im Heizungskeller bei ihrem nächsten Treffen diesen Fortschritt mit tiefer moralischer Befriedigung. Einer – vielleicht war ich es – schlug vor, dass wir die Kampagne jetzt möglicherweise ausweiten sollten. Benke, so viel klüger als ich, sagte, das sei natürlich das, was wir gerade nicht tun dürften.

Vielmehr sei es Zeit, die Kampagne jetzt abzubrechen. Teils deswegen, weil, wenn wir uns jetzt nichts weiter vornahmen, kein Verdacht je auf uns fallen würde, mit Oberstudienrat Slipstens seltsamem Problem zu tun zu haben. Und teils, weil er von jetzt an alles ganz allein in die Hand nehmen wollte.

Lennart, Folke und Claes-Herman waren eigentlich auf meiner Seite. Aber auch ein bisschen ängstlich, was passieren würde – es war ja jetzt deutlich, dass es nicht ganz unbedeutende Kräfte waren, die wir in Gang gesetzt hatten – *mal die Geschwindigkeit im Quadrat*, sozusagen. Vielleicht war es doch am klügsten, einen gewissen Abstand von den Geschehnissen zu halten und sie von jetzt an sich selber zu überlassen.

Benke hatte Recht. Ohne dass wir irgendetwas taten, begann Slipsten immer ernstere Symptome von Verfolgungswahn zu entwickeln. Er war nicht mehr imstande, länger als zehn Minuten am Stück im Klassenzimmer zu bleiben. Im Physiksaal konnte er ziellos Apparate, Stühle, Bänke und Tische hin und her rücken, als suche er nach etwas.

Nach dem Hund vielleicht. Vielleicht war der Hund da und schnüffelte.

Dufvenbergs Hund.

An dem Vormittag, an dem er in die Irrenanstalt gebracht wurde, beobachteten wir dies heimlich vom Fenster der Lateinklasse aus, ohne Studienrat Reinhold Strömberg in seinen stillen und tiefsinnigen Erläuterungen des Vierten Gesangs der Äneis zu unterbrechen, vorgetragen in einem erlesenen Göteborgdialekt.

Es war der Abschnitt, der vom Besuch des Helden in der Unterwelt handelte.

Was die Pythia hier sagt, ist, wenn du in den Hades kommen willst, ist das kinderleicht, aber willst du wieder ans Tageslicht kommen – ja, da brauchst du wirklich meine Hilfe.

All das spielte sich im Herbst 1953 ab, bevor wir Frau Sorgedahl mit den schönen weißen Armen kennengelernt hatten. Und kurz bevor der Studienrat Sture Westerberg vom Bazillus des Schwarzen Todes befallen wurde.

Eine Zeit der Unschuld, könnte man meinen.

Schon am Luciatag erkannten wir, dass es Zeit war, einen Schritt in Richtung auf andere Räume und Erfahrungen zu tun. Und das war das Ende der Gesellschaft im Heizungskeller.

Wir hatten etwas gelernt, das gut zu wissen war.

12

Nicht die Dämonen

Nicht die Dämonen sind das Bedrohliche, sondern die einförmige Masse des Nichts. Dämonen kann man bekämpfen, ausfragen, durchleiden, die Faust gegen sie ballen. Das Nichts versteckt sich in allem, wie eine unendliche Wahrheit, wenn man aufhört, die Lügen zu konstruieren, wenn das Fest vorbei ist. Das Nichts erweist sich als die eigentliche Natur der platonischen Ideenwelt.

Wie richtig, wie klug ist das doch geschrieben! Es ist nicht von mir.

Ein bisschen typisch, natürlich, war es, dass die diensttuende Bibliothekarin an der Theke an diesem Nachmittag die Frechheit hatte, nach meinem Namen zu fragen. Man kennt mich nicht in der Bodleian, in der ich jahrzehntelang fast jeden Nachmittag zwischen drei und sieben verbracht habe! In drei, vielleicht höchstens fünf Jahren wird es hier keinen Menschen mehr geben, der mich kennt.

Die, welche einst meine Lehrer waren, in der Doktorandenzeit, in den fünfziger Jahren, sind schon lange tot. Erzähle ich Anekdoten von ihnen, finden meine Zuhörer sie langweilig, weil keiner mehr den Bezugsrahmen kennt. Die düstere Wahrheit ist, sogar die meisten ihrer Schüler sind inzwischen tot.

Es geht so eigentümlich schnell, alt zu werden.

Ich habe keine Studenten mehr. Aber ich lebe nicht wirklich allein. Ich bin immer noch Fellow am Magdalen. Da ist man nicht einsam, eher habe ich zu viel Gesellschaftsleben, mit einem Lunch und einem Abendessen jeden Werktag an unserem high table. Es besteht die Gefahr, dass man zu lange sitzen bleibt und am Nachmittag allzu schläfrig wird. Und dann gibt es bald schon wieder Abendessen. Ich habe die Vorstellung, dass ich immer noch ein oder zwei Bücher werde schreiben können, ehe ich zu alt bin. Wir werden sehen, wie es geht.

Eins steht fest: In meinem gegenwärtigen Tempo wird es überhaupt nicht gehen.

Es ist nicht so, dass ich senil bin. Im Gegenteil: Ich fühle mich ungewöhnlich klar im Kopf. Aber es kommt vor, dass die Augen plötzlich Schwierigkeiten bereiten. Ein Phänomen, das ich aus meiner Jugend kenne, das ich aber etwa sechzig Jahre lang nicht bemerkt habe, kehrt zurück: Wie ich da sitze – in aller Ruhe – und lese, wechseln die Buchstaben plötzlich die Farbe und werden *rot*.

Es gibt dafür eine neurologische Erklärung in David Katz' Buch *Die Erscheinungsweisen der Farben und ihre Beeinflussung durch die individuelle Erfahrung*, aber ich habe sie vergessen. Ich kann mich nur an einen wunderbaren Abschnitt über Nebel erinnern. Der Nebel schleicht sich zwischen uns und die Farben ein.

Der Nebel.

Ich bin der Letzte, über die Entscheidungen in meiner Jugend zu klagen, die mich von Schweden fort und hierher geführt haben. Ich bewohne schöne Räume mit Aussicht auf den Park, ein großes Arbeitszimmer mit meinen Tausenden von Büchern, ein dunkles und friedliches Schlafzimmer und ein Badezimmer mit uralten Messingarmaturen an der Badewanne. Man muss sich hüten, dass man sich nicht verbrennt, wenn man mit diesen viktorianischen Dingen hantiert.

Hier gibt es keine Mischbatterie mit Thermostat. Hier muss man auf sich selber aufpassen.

Genau das habe ich die letzten vier Jahrzehnte getan.

13

Die Beerdigung des Kosmologen

Kürzlich gelang es Stanley Gibbs, dem alten Kosmologen aus Brasenose, sich endlich zum Sterben zu entscheiden. Er muss lange gezögert haben.

Es dauerte seine Zeit. Er wurde zweiundneunzig Jahre alt.

Er war interessant. Daran gab es keine Zweifel.

Die Beerdigung als solche war weniger interessant. Ein pensionierter Kosmologieprofessor, der im Alter von zweiundneunzig Jahren stirbt, hat nicht mehr besonders viele Freunde. Das einzige, was sich gleich bleibt, ist der Kosmos. In der Andromeda zeigen die Uhren nie dieselbe Zeit wie hier.

Typischerweise fand die Beerdigung nicht hier in Oxford statt, sondern ein Stück außerhalb in einer kleinen normannischen Kirche, so eine mit grünem Moos an den kraftlos geneigten Grabsteinen, deren Inschriften unleserlich geworden sind.

The Burial of the Dead, wie es im Book of Common Prayer heißt, ist eine sehr umfangreiche Zeremonie, die alles enthält, was es in einer richtigen Messe geben soll, einschließlich des Abendmahls. Ich war sehr erstaunt zu sehen, dass alte Freunde und Kollegen, die ich stets für überzeugte Atheisten gehalten hatte, zur Altarschranke vorgingen und die heiligen Substanzen empfingen. Aus den Oxford Fellows wird man nie schlau.

Ich selbst nahm natürlich nicht daran teil.

Das erste Mal, dass ich Stanley sah, eine unbeschreiblich altmodisch gekleidete Figur in karierten Golfhosen mit Fahrradgamaschen und einer Fahrradmütze mit Schirm und Ohrenschützern, die bestimmt noch aus den Jahren um 1910 stammten, war in The Crown in Abingdon, wohin Söndertoft und ich uns auf einem unserer philosophischen Sonntagsausflüge begeben hatten. Es muss drei Jahrzehnte her sein. Stanley hatte damals noch nicht einmal weiße Haare. Ich habe ihn als hager im Gedächtnis, mit einer dieser dünnen Nickelbrillen auf der Nase, die damals Mode waren. Und mit Fahrradgamaschen. Er war ein Meister im Radeln.

Er radelte nicht schnell, aber sehr weit. Alles, was er zu sagen hatte – und das war nicht wenig –, deutete darauf hin, dass dieser Mann nicht nur ein astreiner Atheist war, sondern auch einer, der davon überzeugt war, dass wir in einer vollständig sinnlosen Welt leben. Millionen von Schraubenziehern ohne eine einzige Schraube, war eine seiner typischen Bemerkungen über das Weltall, das zu begreifen er den größten Teil seines Lebens verwandt hatte. Es ist sicher nicht an der Tagesordnung, dass Kosmologen auf die Frage nach dem Sinn ihres Forschungsgegenstandes eingehen. Aber Stanley tat das, mitten in all der Mathematik. Ich glaube, er hielt bis 1965 mit seinen Vorlesungen und Kolloquien durch. Ein auffallend kleiner Mann mit Spitzbart, lebhaften Gesten und einem Lächeln, das immer im falschen Augenblick zu kommen schien.

Er hatte die liebenswürdigste Art der Welt, anderen Menschen nicht zuzuhören. Ich vermute, dass er in Wahrheit eine neurologische Eigenart hatte, die sich in den letzten Jahren bei Psychologen großer Beliebtheit erfreut: Er war nahezu außerstande, Gesichter wiederzuerkennen.

Ich weiß nicht, wie viele Male ich mich ihm im Lauf der Jahre vorgestellt habe. Und immer mit dem gleichen total aufrichtig einladenden Lächeln, den gleichen interessierten Fragen nach meinen derzeitigen Tätigkeiten empfangen wurde. Es war bisweilen ein wenig mühsam.

Kurz, Stanley war nicht ganz die Art von Person, mit der man befreundet sein wollte. Aber das verhinderte nicht, dass ich fasziniert von ihm war. Ganz zu schweigen von seinen Seminaren und Vorlesungen. Ich gehörte zu denen, die sie ungern verpassten. Eine Zeitlang war es eine richtige Mode: Die Leute hatten ein fieberhaftes Interesse an seinen Vorlesungen. Da kamen nicht nur Studenten: Fellows von einer Menge verschiedener Colleges, Iris Murdoch und Peter Geach, sogar Gilbert Ryle konnte manchmal hereinschauen, gleichsam im Vorübergehen, still, melancholisch und ständig Pfeife rauchend. Es war zu der Zeit, als die Leute in Oxford noch rauchten. Und wie sie rauchten! Wie Fabrikschlote! Bei einer gewöhnlichen Zusammenkunft in der Jowett Society kam es vor, dass sie in einem Dunst von Pfeifen- und anderem Rauch standen, dicht wie der Londoner Nebel im Oktober. Nicht immer konnte man die Gesichter am anderen Ende des Saals erkennen.

Aber ist das, was ich hier tue, nicht genau das, was Cicero »die greisenhafte Redseligkeit« genannt hat? Ein Gebrabbel über dies und das von einem Alten, dem es nicht gelingt, auf den Punkt zu kommen, auf den er kommen will?

Seltsam. Ich weiß ja genau, auf welchen Punkt ich kommen will.

Ich habe Leute gefragt, die mehr davon verstehen, warum Stanley nie den Nobelpreis bekommen hat. Meistens erhält man ausweichende Antworten. Allein schon das, was man Gibbs' Hypothese nennt, hätte dafür ausreichen sollen.

Aber was kann ich, ein einfacher Philosoph, eigentlich nur ein einfacher Ideengeschichtler, darüber wissen, wie die Physiker intrigieren und schwatzen?

Es gibt Dinge in der modernen Physik – das konnte man sowohl aus Stanley Gibbs' Vorlesungen und schon damals, in den sechziger Jahren, bei einer Reihe von anderen lernen –, die nicht zusammenpassen wollen. Die Expansion des Universums und die spärliche Verteilung der Masse. Eine leerere Stelle als diese Welt ist schwer vorstellbar. Warum ist die Schwerkraft so ungeheuer schwach, verglichen mit den anderen physikalischen Kräften? Warum kann es so scheinen, als ob gewisse Galaxien älter wären, als das Universum in seiner Gesamtheit sein darf?

Stanley Gibbs hatte seine Ansichten über dergleichen

und vieles andere mehr. Und damit nicht genug. Er änderte diese Ansichten immerzu. Manchmal von einer Vorlesung zur nächsten. Er schreckte nicht davor zurück, sich mit den Philosophen anzulegen, wenn er der Meinung war, dass es nötig sei. Was für die Philosophen etwas peinlich war, da er nicht selten mehr von Philosophie verstand als sie. Ich erinnere mich an jemanden, der die Kühnheit hatte, auf Leibniz hinzuweisen – es ging um die Leere, ein nach Stanley nie gelöstes Problem –, und es zeigte sich, dass dieser alte Gnom nicht nur den Text gelesen hatte, von dem man redete, sondern obendrein auch die relevanten Abschnitte in Leibniz' Briefwechsel mit Clarke.

Ich erinnere mich auch an einen außergewöhnlichen Streit zwischen ein paar Fachphilosophen – ehrlich gesagt habe ich vergessen, wer es war, und das ist vielleicht auch nicht so wichtig. Es ging um die Distinktion zwischen dem Wirklichen und dem einzig Möglichen. Die Philosophen in dem verräucherten Raum wollten darauf hinaus, dass es einen tiefen, unbezwinglichen Unterschied gab zwischen dem Möglichen, das heißt dem, das sich nur ohne Widerspruch denken lässt, und dem, was wirklich der Fall ist, der Aktualität, den Fakten oder wie man es nun nennen mag.

Stanley Gibbs lachte sie mehr oder weniger aus. Für ihn war es völlig selbstverständlich, dass alles, was möglich war, sich früher oder später auch realisieren musste. Die Philosophen hatten sich ganz einfach nicht klargemacht, wo sie sich befanden. In einem Universum von für die Phantasie total unfassbaren Proportionen, nicht nur im Raum, sondern auch in der Zeit. In einer solchen Welt musste alles, was sich ohne Widerspruch denken ließ, sich auch früher oder später verwirklichen. Ein Berg aus Gold? Natürlich. Ein Meer aus flüssigem Eisen? Selbstverständlich. Eine Kolonie von mikroskopischen Pilzen, die über Differentialgleichungen nachdachten? Freilich. Und Stühle. War die Entwicklung von Stühlen, wenn man es recht bedenkt, besonders wahrscheinlich? Sind Stühle nicht unglaublich verkünstelte, unwahrscheinliche Phänomene? Wer hätte erwarten können, dass der Stuhl erfunden werden würde? Möglich war er jedoch. Und also gibt es Stühle.

Es gibt, sagte Professor Gibbs oft, mehr Sonnen als Stühle. Und nicht umgekehrt. Das bürgt dafür, dass auch sonderbarere Gegenstände in die Welt kommen können. Gebt ihnen nur genug Zeit.

Eins ist klar: Schon damals hatte er einige Ideen, die ihn als exzentrisch erscheinen ließen. »Am Ende entgleiste er«, hat man später gesagt.

Vielleicht war es so. Aber dieses »Entgleisen« war fast das, was mich am meisten interessierte.

Seine etwas ungewöhnlichen Tischmanieren – es hieß oft, seine Art, die Suppe zu schlürfen, mache an einem normalen high table jede Konversation unmöglich, und seine Angewohnheit, immer dieselbe Krawatte zu tragen (sie wurde mit der Zeit zur Speisekarte der Mahlzeiten über Jahrzehnte, und allerseits bestand der ernsthafte Verdacht, dass sie einen Fertigknoten hatte), machten ihn in dem regulären Gesellschaftsleben, das es auch in Oxford gibt, zu einer weniger begehrten Beute. Aber das war es nicht allein. Es wurde auch immer schwieriger, mit ihm ins Gespräch zu kommen.

Vielleicht war er schwerhörig. Oder vielleicht allzu sehr mit seinen eigenen Ideen beschäftigt. Was weiß ich. Was die Kollegen ein wenig verlegen machte, wenn die Rede auf ihn kam, war wohl die Idee, von der er in späteren Jahren vollständig besessen schien: die anderen Dimensionen der Zeit.

Wir haben ja, pflegte er zu erklären, in der Alltagssprache drei Dimensionen des Raums. Es gibt theoretische Physiker, die sich viel mehr leisten, aber halten wir uns der Einfachheit halber an die drei alltäglichen. Und dann haben wir die Zeit, nach Einstein allgemein als eine Dimension aufgefasst – mit Ausnahme von Ilya Prigogine aus Brüssel, der gegen Ende seiner Karriere protestierte und sagte: Nein, die Zeit ist keine Dimension, sie ist ein Operator.

Aber lasst uns – nur zum Spaß – annehmen, die Zeit sei eine Dimension! Ein gewöhnlicher Gegenstand, zum Beispiel der Ring an meinem Finger, hat dann eine Ausdehnung in drei räumlichen Dimensionen und in der Zeit. In den drei Dimensionen des Raums kann ich ziemlich frei mit diesem Ring herumwedeln, aber in der Zeit gibt es nur eine Richtung. Vorwärts, oder wenn ihr es vorzieht, hinunter. Wir stecken in der Fahrtrichtung der Zeit fest wie eine Schraube in einer Lokomotive. Wir sind ein Teil dieses großen Universums, und die Zeit ist seine Richtung, sein finaler Zwang. Und wir *sind* diese Zeit, sie ist die Substanz, aus der wir gemacht sind.

Aber muss es deswegen nur eine Zeitdimension geben? Angenommen, es gäbe zwei! Dann hätte diese Vorlesung – er unterbrach sich gern an einer solchen Stelle mit einer zufriedenen Pause, nicht unähnlich einem Opernsänger, der nach einer abgeschlossenen Arie auf Applaus wartet, bevor er sich an das Rezitativ macht – vielleicht nicht nur eine Länge von fünfundvierzig Minuten, sondern auch eine Breite, vielleicht eine Breite von einer Nanosekunde. Kaum merkbar, aber doch eine Breite. Und damit wäre ihre Ausdehnung nicht nur die eindimensionale Linie, die wir uns gewöhnlich vorstellen, sondern eine Oberfläche. Eine Membran.

Mit Oberflächen kann man, wie die Topologen wissen, vieles Lustige anfangen. Ein Ring hat kein Ende, wenn wir ihm in der Längsrichtung folgen, aber einen doppelten Rand, an dem er in der Querrichtung endet. Eine Oberfläche kann ein Zentrum haben, wenn sie eine Kreisfläche ist, aber wenn es die Art von Oberfläche ist, die eine Sphäre begrenzt, ist sie ohne Zentrum. Oder sollten wir vielleicht besser sagen, sie hat ihr Zentrum überall?

Und noch interessanter ist es vielleicht, dass es Oberflächen gibt, die nur eine Seite haben.

Ich spreche, wie sicher alle bemerkt haben, vom Möbiusband. Dieser Umstand könnte uns vielleicht helfen – er blickte auf die Versammlung hinaus und ließ die Brille langsam zu den Nasenflügeln hinuntergleiten –, mit folgender Eigentümlichkeit umzugehen: Das Universum, wie wir es kennen, und damit die Zeit, scheint einen Anfang zu haben, den wir kaum aus der Zeit selbst hinausverlegen können.

Natürlich können sich meine Zuhörer zwei verschiedene Erweiterungen dieses Vorschlags vorstellen: eine mehrdimensionale Zeit. Wir können eine dritte Dimension hinzufügen und bekommen dann den Zeitkubus, die Zeitsphäre, und, was noch interessanter ist, eine Möbiusflasche aus Zeit, einen Raum, bei dem alles Innenseite ist.

Zeit ist nichts anderes als eine räumliche Dimension.

Warum fallen wir hinunter in die Zeit, wie in einen unendlichen Brunnen? Aus demselben Grund, aus dem Äpfel fallen. Etwas krümmt die Zeit.

Etwas, das groß und unsichtbar genug ist, um das ganze sichtbare Universum zu beeinflussen.

Meine Damen und Herren, es ist nicht undenkbar, finde ich, dass wir uns im Inneren einer temporären Möbiusflasche befinden, in einem rätselhaften Zeitraum, der nur Innenseite ist und sich selbst in sich selbst hinein vergießt. Wir sind in der Zeit eingesperrt.

Dies muss das erste Mal gewesen sein, dass ich Zeitschwindel empfand. Es ist vielleicht nicht verwunderlich, dass die Zuhörer nach einer solchen Vorlesung mit einem leichten Gefühl von Schwindel in den steinkohleduftenden Herbstabend hinauswankten.

Seitdem habe ich oft an diese Vorstellung gedacht. Meine eigene Vergangenheit ist auch eigentümlich. Das Vergangene kann ganz nah neben mir liegen, und das, was gestern Nachmittag geschah, befindet sich im Abstand von Lichtjahren.

Warum sollte die Zeit nicht einen Anfang haben?

Weil ein Anfang ein Ereignis ist und ein Ereignis in der Zeit stattfinden muss?

Das ist durchaus nicht sicher. Nicht alle Oberflächen haben zwei Seiten. Ein Möbiusband hat nur eine Seite, die zugleich Innenseite und Außenseite ist. Das Leben des Menschen ist eine Sphäre, die nur eine Innenseite hat. Wir können unser Leben nicht verlassen. Da draußen gibt es nichts, absolut nichts.

Denn eine Außenseite gibt es nicht. So einfach ist das.

14

Blumen gießen

Als der Sommer 1954 kam, wollte das Ehepaar Sorgedahl in Urlaub fahren. Wie lang sie Urlaub hatten, weiß ich nicht mehr, auch nicht, wohin sie reisen wollten, vielleicht in die Schweiz, vielleicht nach Norditalien, Länder, die sich damals genauso fern anfühlten wie heute Indien und China, aber bestimmt waren es mehr als drei Wochen.

Eines Abends rief Frau Sorgedahl überraschend bei mir zu Hause an. Mit äußerstem Zögern gab meine Mutter das Gespräch an mich weiter. Ich war sehr erstaunt.

– Was wollte sie denn?

– Ich soll an einem Nachmittag vorbeikommen. Es ist nämlich so, dass jemand ihre Blumen gießen muss. Und sie will mir zeigen, wie man das macht.

Ich hatte ihr versprochen – mit einer leicht gepressten Stimme –, am nächsten Nachmittag nach der Schule vorbeizukommen. Um zu sehen, wie die Blumen gegossen werden sollten.

Wie sie angedeutet hatte, war das Ganze ziemlich kompliziert. Die Kakteen nur jede zweite bis dritte Woche. (Aber da wäre das Ehepaar doch schon wieder zu

Hause, oder?) Die Orchideen sehr vorsichtig, aber öfter. Wenn ich gekonnt hätte, hätte ich alles stehen und liegen lassen und hätte mich direkt aufs Rad geschwungen. Aber sie wollte mich am nächsten Nachmittag da haben. Der nächste Tag war ein Donnerstag, übrigens nur zwei Tage vor dem Abschluss der Unterprima, aber er passte mir.

Allerdings wurde nichts aus dem Besuch. Meine Eltern verhinderten es. Plötzlich rief sie an und sagte, es sei nicht nötig, dass ich käme. Die Westerbergs wohnten ja so viel näher, und es wäre ja bedeutend einfacher, ihnen den Schlüssel zu geben.

Ich hätte gern gewusst, warum. Was war zwischenzeitlich vorgefallen? Mein Vater hatte wohl am Telefon erklärt, dass wir gerade aufs Land fahren wollten, nach Norrheden in Ramnäs drei Meilen nordwärts, und dass der Bus zur Stadt nur zweimal täglich ging. Es müsste doch bestimmt eine geeignete Hilfe in etwas näherer Umgebung zu bekommen sein. Hatte er das gesagt?

Oder war da etwas ganz anderes besprochen worden?

Auf jeden Fall stellte sich heraus, dass auch die Westerbergs verreisen wollten, und gerade als wir auf dem Weg hinunter zum Bus waren, kam ein Anruf von dem so glücklich genesenen Oberstudienrat. Ob der junge Mann nicht wenigstens Anfang der letzten Woche, in der die Sorgedahls heimkamen, mit der Post und den Zeitungen helfen könne? Es wäre ja ein Leichtes, den Schlüssel in einem genügend großen Umschlag unter der Fußmatte der Sorgedahls zu platzieren. Ach, unschuldige Zeit, als es noch keine Sprechanlagen gab und keiner sie vermisste! Dann einigten wir uns darauf, dass es so geschehen würde. Und die Busfahrkarte würde mir natürlich ersetzt werden. Es konnte ja nicht anders sein – versteht sich.

Dies sollte eine nicht ganz unerwartete Wirkung haben. Massenhaft Dinge geschahen im Sommer 1954, so viele, dass ich das mit dem Schlüssel, der Post und den Blumen vollständig vergessen haben müsste. Ich hätte ganz und gar in etwas anderem ertrinken müssen.

Aber irgendwie geriet dieser ganze Sommer zu einem Warten.

Dieser Tag im August, an dem ich in die Stadt fahren sollte, um Sorgedahls Blumen zu gießen, Sorgedahls Post hereinzuholen, war das, worauf alles hinauslief.

15

Die Gießers gehen zum Boot

Jetzt ist er endlich da, der Frühsommer 1954, die Sonne scheint Tag für Tag von einem wolkenlosen Himmel, das frische Hellgrün der Bäume geht in ein immer schwereres Grün über, und die ganze Welt duftet nach frisch ausgeschlagenem Laub. Eine Zeit für Heuschnupfen und Ekstasen.

Nach dem zehnten Juni, dem Schulabschlusstag, mit Bischofsrede im Dom und Prämien und Stipendien und dem Schulorchester, das die Ouvertüre der »Jungfrau von Orléans« spielte, zogen wir hinaus aufs Land. Eigentlich Mama und ich. Das heißt, wir zogen alle zusammen hinaus, aber Mama und ich blieben da. Papa pendelte mit dem gelben Bus. Aber hinaus aufs Land sollte es gehen. Vom elektrischen Licht zu den Petroleumlampen. Ganz zu schweigen von der stinkenden Karbidlampe, die in der Küche benutzt wurde, damit man dort überhaupt etwas sehen konnte. Weg vom Plattenspieler mit all den Platten zu dem kleinen grauen, metallisch lackierten Kofferradio – man musste aufpassen, keine zu langen Symphonien zu spielen, denn dann ging der Strom aus. So sagte man. Es herrschte immer eine gewisse Nervosität, bevor man aufbrach, was erst gegen Abend geschah, weil so vieles zu bedenken war. Topfpflanzen wurden ins Treppenhaus gestellt, um von Frau Lövberg gegossen zu werden. Laken wurden über das feine Sofa gebreitet, damit es nicht in der Sommersonne verblich, die Balkontür sollte immer einen Spalt offen stehen. Warum, weiß ich nicht mehr genau. Doch. Es galt wohl zu verhindern, dass die stillstehende Luft da drinnen allzu dumpf und schwül wurde.

Jede dieser Wohnungen muss fast genau gleich ausgesehen haben, damals, in dem ziemlich warmen und sehr gedankenverlorenen Sommer 1954. Es gab nicht viele Variationen in Schweden, und schon gar nicht in einer Reihe von neugebauten Genossenschaftswohnungen im nördlichen Västerås. Damals, im Jahr 1954. Es sind die letzten Sommerferien im Gymnasium. Es ist einer dieser schönen Morgen Anfang August. Es ist mehr als fünfzig Jahre her. Und es ist eine Art Heimat. Für mich, wie ich da entlang der Isis von einer Schleuse zur anderen spaziere. Kann das Gegenwärtige das Vergangene beeinflussen? Manchmal vermute ich das tatsächlich. Geschieht es eigentlich erst jetzt, in diesen feuchten und bewölkten Vorfrühlingstagen in Oxford Anfang des 21. Jahrhunderts, dass ich mich ernsthaft in Frau Sorgedahl zu verlieben beginne? Frau Sorgedahl von 2005. Was für ein eigentümlicher Gedanke! Aber gar nicht unsinnig.

Der Morgen vergeht, einer dieser Morgen eines wirklich warmen Tages, wo alles vollständig still zu stehen scheint und nur unbegreifliche kleine Brisen weit draußen auf der Wasseroberfläche dunkle Spuren hinter sich herziehen. Die einzigen Blätter, die sich in dieser Morgenstille bewegen, sind die der Espen, empfindsam selbst für den schwächsten Lufthauch, wie sie da an ihren seitlich gleichsam plattgedrückten Stielen hängen. Empfindsam wie die älteste Tochter des Gießers, Ingela. Schmalhüftig, mit feinen, aber etwas unregelmäßigen Gesichtszügen, als ob die groben Züge des Vaters mit den sanften der Mutter kämpften, und langen Haaren zwischen blond und rot, die sie ängstlich nach hinten streicht, wenn man sie etwas fragt. Das habe ich mehrmals unten bei den Briefkästen getan. Und zuerst antwortete sie überhaupt nicht.

Spricht aber mit den Jungen Törnros aus dem etwas größeren Haus weiter weg auf der Hügelkette. Mit denen redet sie tatsächlich, wenn sie rittlings über ihre Fahrräder gebeugt stehen und *Svenska Dagbladet* aus dem geräumigen Briefkasten ihres Vaters fischen. Jeder dieser Briefkästen hat zu jener Zeit seine eigene Form. Einige sind aus grüngestrichenem Blech, einige sogar aus Messing und ein paar aus Holz. Die aus Holz vermodern leicht. Im Herbst kann es sogar geschehen, dass auf ihrem Boden kleine Pilze zu wachsen beginnen.

Wie raubgierig versucht die Natur sich doch ständig zu bedienen! Wie blind und furchtbar dieser ständige Trieb zur Vermehrung, zur Erweiterung.

Dann fingen wir an, ein wenig miteinander zu reden. Aber schüchtern. Unten bei den Briefkästen. Als ihr Fahrrad einen Platten hatte.

Sie war zwei Jahre älter als ich. Sie arbeitete in einem Rahmengeschäft in Västerås. Bei Ekdahls, glaube ich. Ich habe sie dort allerdings nie gesehen. Wir ließen selten etwas rahmen. Bei uns war das meiste schon gerahmt.

Aber jetzt ist der Gießer aufgewacht.

Auf einmal ist Schluss mit dem Frieden, dem Sommerhausfrieden.

Der sonst nur von dem einen oder anderen Auto auf der staubigen Straße gestört wird. Sie verläuft an der Hügelkette entlang, wie sie es sicher seit tausend Jahren oder länger getan hat.

Jetzt will der Gießer mit seiner ganzen Familie hinunter zum See. Das ist in der ganzen Gegend zu merken und zu hören. Hundegebell, das Plärren von Kindern, aber auch fröhliches Lachen, die tiefe, kraftvolle Stimme des Gießers, gewohnt, den ganzen Lärm in einer großen Metallgießerei zu übertönen, die hellere Altstimme seiner Frau. Sie wollen auf dem schlängelnden und glitschigen Pfad den steilen Geröllhang hinunter, hinunter zum See Nadden, um ihr Boot zu Wasser zu lassen.

Eine ganze Prozession ist auf dem Weg hinunter. Erst die Dackel, zwei außerordentlich wütende oder möglicherweise auch fröhliche Dackel, die mit der ganzen Welt in Streit zu liegen scheinen. Dann der Gießer, groß und schwer und mit einer mächtigen Stimme, die aus seinem weiten Brustkorb aufsteigt. Den Bootsmotor, ein

Außenborder der Marke Archimedes E4, trägt er mit Leichtigkeit auf der Schulter. Mit dem Motordeckel nach vorn und der metallglänzenden Schraube nach hinten. Es würde ihm natürlich niemals in den Sinn kommen, etwas so Wertvolles im Boot zu lassen, wenn es nicht benutzt wird. Das Boot ist alt, aber gut gepflegt, ein Mahagoniboot ohne Kajüte, das der Gießer wohl irgendwo in seinem weitläufigen Freundeskreis erworben hat. Es liegt, gut vertäut mit Federn in den Seilen, nicht nur, wie es hier üblich ist, an einem in den Boden gerammten Pfahl, sondern auch an einer Boje, die von einem mächtigen alten Maschinengewicht an ihrem Platz gehalten wird, das der Gießer selbst hinuntergeschlappt hat.

Der Gießer ist ein mächtiger, kraftvoller Mann, eher breit als lang, mit kolossalen Schultern und einem beinahe viereckigen Gesicht. Seine Unterarme sind fast schwarz von einer Körperbehaarung, die bestimmt – zumindest glaube ich das – vom Aufenthalt in der intensiv gleißenden Wärmestrahlung aus den Ofenluken der Gießerei stimuliert wurde. Er spricht immer sehr laut. Vielleicht kommt es von dem fürchterlichen Lärm der Gießerei oder möglicherweise nur davon, dass er seine Dackel übertönen will, dass er so in die Vollen geht. Er trägt Kakishorts und ein paar alte, ausgelatschte weiße Turnschuhe, denen man ansieht, dass sie viele Sommer lang getragen wurden. Tatsächlich schaut ein großer Zeh hervor.

Welchen Lärm diese Familie zu machen imstande ist!

Und was haben sie nicht alles dabei! Die Kinder sind mindestens zu fünft, und es ist kaum zu glauben, wie sie alle in dem Boot Platz finden sollen. Allerdings ist nicht sicher, ob all diese Kinder vom Gießer stammen. Es können ja Kinder des Gießers und Kinder von Freunden des Gießers sein. Und die Dackel, alle beide, rennen bellend den Pfad hinauf und hinunter. Es folgen Handtücher, Decken, Picknickkörbe und natürlich ein fürchterlich schepperndes Kofferradio, das alle Schlagermelodien der Saison spielt.

Und als Letzte geht Ingela, ganz still. Als müsse sie all die Stille, welche die anderen vergeuden, einsammeln und bewahren. Ein dünnes, langbeiniges, etwas melancholisches Mädchen. Das gern auf den Pfad hinuntersieht, auf dem es geht, obwohl er nicht viele Wurzeln oder Unebenheiten aufweist.

Man darf jedoch nicht glauben, dass die Bande des Gießers es schafft, besonders schnell auf den See hinauszukommen. Nicht selten braucht es den ganzen Nachmittag, bis das alte Motorboot, vollständig überlastet mit Kindern, Erwachsenen, Hunden, Picknickkörben, Radio und natürlich Angelruten und Wurmbüchsen, aufs Wasser hinausgleitet. Es steht knapp unter der Reling, und man hofft wirklich, wenn man das sieht, dass alles gut gehen wird. Aber es geht alles gut.

Wenn sie jedoch Pech haben, ist das Nachmittagsgewitter dann schon unterwegs, so dass die ganze Bande in aller Schmählichkeit so schnell zur relativen Geborgenheit des Ufers zurückrauschen muss, wie es der nicht besonders imponierende weiße Archimedes-E4-Motor schaffen kann.

Aber es geht immer gut.

So laut ist diese Familie auf ihrem Weg in den Sommertag und zum Boot, dass sogar die Möwen für eine Weile verstummen. So überwältigend, aggressiv und unwiderstehlich ist die Lebensfreude dieser Gießerfamilie, dass es zu Hause bei uns auf der Veranda noch stiller, noch melancholischer wird als gewöhnlich.

Wie unerträglich können doch fröhliche Menschen sein! Wie viel ruhiger ist es nicht bei den Traurigen!

Ich sitze still auf der Veranda, ohne Lust, ins Licht hinauszugehen, mit einer Zigarette der Marke Bill oder Boy, einer billigen Zigarette jedenfalls, die lustlos aus dem grünen Drachen des Aschenbechers herabhängt. Margareta, ich habe sie nie Mutter oder Mama genannt, ich hatte von vornherein etwas dagegen, klappert leicht aggressiv in der Küche.

Und ich selbst?

Was habe ich mit dem fröhlichen Lachen und dem Hundegebell der Gießerfamilie zu schaffen? Ich will nicht hinausgehen. Ich will mit meinem Buch hier bleiben und nur hoffen, dass der Nachmittag ruhig und ohne Streit vergeht.

Es gäbe viele Gründe, diese vulgär fröhliche und lärmende Gießerfamilie zu verabscheuen. Ich aber verabscheue sie, weil ich das Gefühl habe, dass das Leben dort ist, wo sie sind. Und hier geschieht nichts. Bis auf den einen oder anderen sinnlosen Streit zwischen meinen Eltern, eine von diesen Streitereien, die mich überhaupt nicht erschrecken, mich aber in ihrer Trivialität, ihrer Kleinlichkeit stören. Sie nagen an mir, sie hindern mich daran, das Buch zu lesen, das ich zu lesen versuche, sie bringen mich dazu, mich fortzuwünschen, egal wohin, nur fort von hier.

Wenn ich nur einen Ort hätte, zu dem ich gehen könnte. Vielleicht würde ich mich zum fröhlichen, lärmenden Gefolge des Gießers hinzugesellen und die Hunde tätscheln, den Mädchen helfen, all diese Körbe und Dekken und Flaschen zum Boot hinunterzutragen, nur um für einen kurzen Augenblick am Leben teilzuhaben.

16

Der Hecht

In diesem Sommer 1954 bin ich schon etwas zu alt, etwas zu sehr Gymnasiast und Stadtjunge, um so frei und glücklich mit den Jungen Svärd zu verkehren, wie damals, als ich sie gerade entdeckt hatte. Da muss ich etwa zwölf gewesen sein.

Und es war eine wunderbare Entdeckung. Sie wohnten zehn Minuten mit dem Fahrrad weiter südlich an der Hügelkette, wo die Sommerhäuschen endeten und die ganzjährige Bevölkerung lebte, und wir trafen uns immer in ihrem Holzschuppen. Ich kann mich nicht erinnern, je in ihrem gelben Haus gewesen zu sein.

Es war eins der typischen einstöckigen Werkshäuser, dessen Bewohner alle im Sägewerk arbeiteten, einer Fabrik, die ganze lange Sommertage über, außer vierzehn Tagen im Juli, wenn Ferien waren, die Gegend mit dem eigentümlich klagenden Laut von zwei immer noch dampfbetriebenen Sägerahmen erfüllte, wenn diese sich in die dicken Stämme fraßen, die aus einem mächtigen Vorrat innerhalb eines Flößrahmens aus dem See geholt worden waren, wo sie gelegen hatten, um nicht von Insekten verdorben zu werden. Allein schon diesen Vorrat an Stämmen zu pflegen und sie aus dem hellbraunen Humuswasser herauszufischen, ist die Arbeit vieler Männer. Bei Sturm landen manchmal Stämme außerhalb des Flößrahmens. Wenn sie nicht auf diskrete Weise von den Strandanliegern eingefangen und als Treibgut zu wertvollem Kaffeeholz verwandelt werden, besteht die Gefahr, dass sie mit dem einen Ende nach unten stecken bleiben und sich in heimtückische Verkehrshindernisse verwandeln, durchaus imstande, Löcher in den Boden eines Motorboots zu bohren.

Svärd, ein freundlicher, hochgewachsener Mann, ließ sich selten blicken, die Mutter ist mir als klein und rundlich in Erinnerung. Aber mit den Jungen, drei an der Zahl, alle rothaarig, war es eine Freude, zusammen zu sein. Sie waren so wunderbar kreativ. Raumschiffe – frei nach den lebendigen Illustrationen des Abenteuermagazins –, Propellerflugzeuge, die kurze Strecken fliegen konnten, angetrieben von einem aus einem Fahrradschlauch gefertigten Gummimotor, all das brachten sie zustande, und zwar in kürzester Zeit.

Sie erschufen sie ohne Anstrengung und ohne viel darüber zu reden, womit sie beschäftigt waren; ja, es schien, als wäre all ihr Konstruieren und Schreinern und Kombinieren da im Tischlerschuppen Ausdruck für eine Art Unruhe, die ihnen anscheinend in den Fingern steckte. Hätte man sie gezwungen, länger stillzusitzen, glaube ich, dann hätte sie das sehr unglücklich gemacht.

Aber stillzusitzen war natürlich genau das, wozu sie in den Wintern in ihrer kalten und zugigen Volksschule da unten im Kirchdorf gezwungen waren.

Im Winter sah ich sie nie. Ich habe nicht einmal eine Ahnung davon, was später im Leben aus dieser Brüderschar geworden ist. Mag sein, dass ich auf sie gestoßen bin, ohne sie wiederzuerkennen.

Eine der Merkwürdigkeiten, die sie sich zusammenbastelten, waren Telefone. Sie besorgten sich Induktionsspulen, wo sie welche fanden, in alten weggeworfenen Radioapparaten und in längst aus dem Betrieb genommenen Stromgebern von elektrischen Weidezäunen. Die Mikrophone fertigten sie, indem sie die Kohlestäbe alter Taschenlampenbatterien in einem einfachen Holzrahmen befestigten und so geschickt ineinander einpassten, dass ein Husten als Vibration in ihnen eingefangen werden konnte, alles zusammen angetrieben von anderen Taschenlampenbatterien, die sie aus der Lampe ihres Vater borgten, die er gewöhnlich benutzte, um an Herbstabenden zum Plumpsklo zu gehen.

Da noch nicht Herbst war, hatten sie eine Frist, bevor er den Verlust bemerken würde. Und die nutzten sie.

Sie kamen darauf, dass man die Leitungen der Telefone an den Stacheldrahtzäunen um die Weiden herum mit Hilfe einer Krokodilklemme befestigen konnte oder – wenn es nicht gelang, in Papas Werkzeugkasten eine solche zu finden – mit ein paar Windungen des von der Isolierung befreiten, mit einem Messer silberblank und sauber gekratzten Drahtendes um ein Stück Stacheldraht herum. Und dann konnte die Kommunikation beginnen.

Es zeigte sich, dass man mit diesen einfachen Anordnungen über viele Kilometer hinweg Kontakt hatte.

Wo ein Stacheldrahtzaun endete, konnte man ihn kinderleicht mit etwas Kupferdraht mit dem nächsten verbinden.

Die Jungen machten ihre Ausflüge auf dem Fahrrad, bogen an verschiedenen Wegkreuzungen ab und tauchten als rasselnde, aber deutlich erkennbare Stimmen in den Hörern des Telefons wieder auf. Niemand wusste, wo der andere war, vielleicht am Abfluss eines Baches. In der Ruine eines verfallenden alten Stalls? Vielleicht. Es wurde ein Sport, sich gegenseitig zu finden. Oder besser gesagt: die gegenseitigen Telefonstellen zu finden. Und dieses Spiel konnte tagelang weitergehen.

Ich wünschte nur, wir hätten ein paar Mädchen dabei gehabt. Welch seltsame Spiele hätten wir nicht ausprobieren können! Zum Beispiel, wenn wir uns langsam zum Versteck der anderen heranpirschten, indem wir einem Signal folgten, das hörbar stärker wurde, sobald wir uns näherten, und das sich bisweilen ganz und gar verlor, wo der Zaun durch ein Moor führte, das sich mit seiner dichten und unwirtlichen Vegetation nicht durchdringen ließ.

Und dann die unvermeidliche Frage: Wo befindet sich eigentlich die Stimme? Ein Raum kann sich in einem anderen befinden. Unsichtbar. Solche Dinge waren es, die sie mir beibrachten.

Und dann war da die Geschichte, wie John den großen Hecht fing. An einer Schleppangel, mit einem ziemlich kleinen Löffelblinker aus Messing, wie wir sie hinter dem schweren alten Flößkahn herzogen. Spinnangeln konnte sich damals keiner von uns leisten. Schließlich gelang es den Jungen, den meterlangen, grünlich schimmernden, wild zuckenden Hecht herunterzudrücken und ihn zu töten, ohne ein Stück eines Fingers in seinem Rachen zu verlieren. Selbst wenn ein solcher Hecht tot ist, kann er plötzlich zubeißen. Das hatte Ramsberg, der alte Maurer, mich gelehrt. Sein fehlendes Daumenglied an der rechten Hand stammte nicht, wie er den Erwachsenen erzählte, von einer unsanften Begegnung mit einem Kreissägenblatt, als er dem Fuhrmann Andersson mit Holz für den Holzgenerator half, sondern von den Konvulsionen eines Riesenhechts nach dessen Tod. Mir wollte er es verraten, sagte er, da er meinte, dass er mich auf diese Weise vor einem Unglück bewahren könne. Den Erwachsenen wollte er es nicht erzählen. Er genierte sich ein bisschen.

Als die letzte Zuckung vorüber war, nachdem der Hecht um sein Leben gekämpft hatte, überkam uns für einen Augenblick ein andächtiges Gefühl. Die Jungen empfanden die uralte Ehrerbietung des Jägers gegenüber seiner Beute und hätten das gern angesprochen, wenn sie die richtigen Worte gefunden hätten.

Es war nicht ganz dasselbe, wie wenn man einem Zander oder einem Barsch das Messer an den Nacken setzte. Diese Fische waren sehr verschieden.

Was hatten sie mit diesem Hecht nicht alles getötet! So viel dunkle Unterwasserintelligenz, so viel Erfahrung, tief unten in dunklen Gewässern erworben, so viel traurige Bösartigkeit in diesen gelben Augen, die jetzt langsam weiß und matt wurden. Wie viel eiskalten Schrekken hatte er nicht an wie vielen Schilfrändern verbreitet. Wie viele strenge Winter hatte er nicht tief unter dem weißen Porzellanhimmel des Eises ertragen. Es war ein merkwürdiges Gefühl, so viel fremdes Leben, so viel fremde Bösartigkeit, so viel Entsetzen nur für ein paar Hechtaufläufe zu töten.

Für einen Augenblick schien es, als hätten sie den See selbst getötet.

Und jetzt sollte der Magen aufgeschlitzt und die seltsamen Organe, die es da gab, einige weiß, einige tiefblau, sollten herausgenommen werden. Zusammen mit dem einen oder anderen kleineren Fisch, halb verdaut und zerfallend, in einem Stück verschluckt und eher schon ein träger, halb flüssiger Gewebebrei als ein Fisch. Ein Zeuge. Ein Zeuge unter vielen von dem schauerlichen Leben, das unter der sogenannten idyllischen Wasseroberfläche jedes normalen Binnensees stattfindet.

Als die Jungen ihn schließlich herausgezogen, getötet und dann ausgenommen hatten, saßen sie fast enttäuscht da und betrachteten den meterlangen Körper. Was sollten sie mit ihm anfangen? Ihn mit nach Hause schleppen? Würde die Mutter sich nicht über all die Arbeit beklagen, die sie ihr machten?

Einen solchen Hecht, darüber waren sie sich ja klar, bekommt man nicht in den Ofen. Schon gar nicht in die Bratpfanne. Was macht man mit ihm? Man schneidet ihn in dicke Scheiben, die durch den Fleischwolf gedreht werden. Dazu gibt man Semmelbrösel und Eigelb. Und dann macht man Hechtpasteten, die schön gelb gebräunt aus dem Ofen kommen, mit knuspriger Kruste und einem leicht nach Kräutern duftenden, porösen und flockigen Inhalt.

Aber das wussten die Jungen nicht. Sie konnten sich nur die aufmunternden Worte von ihrem Vater und die Klagerufe der Mutter vorstellen.

Was sollten sie also mit dem Hecht anfangen?

Sie schnitten den Kopf ab, den riesigen Kopf mit dem gewaltigen Rachen. In den weißlichen Augen saßen schon Wespen, welche die Fliegen fernhielten. Und als sie den Kiefer auseinanderzogen, um den Rachen offen zu halten, bot er schon einen deutlichen Widerstand. John schaffte es sogar, dabei einen Hechtzahn in den Daumen zu bekommen.

Erst war nichts zu spüren, dann fühlte es sich an wie ein vergifteter Biss.

Das Ganze endete damit, dass der Hecht in dem großen Ameisenhügel nahe dem Kohlenmeiler landete und man noch Jahre danach Teile des Skeletts dort sehen konnte. Aus der Tiefe des Ameisenhügels emporragend.

17

Ingelas silbriges Lachen

Ja. Natürlich wurde es Sommer. In diesem Jahr 1954 wie in allen anderen Jahren. Es wurde ein großer warmer Sommer mit Wespen in Saftgläsern, Mückenstichen, Schnittwunden an den Füßen, Milch mit Stich, staubigen Straßen, Streit um Geld und um Sauermilch, schwierigen Philosophen, in denen man unter der Petroleumlampe blätterte, Philosophen, über die wir in Benkes Heizungskeller nie diskutiert hatten, wie Fichte und Hegel. Ziemlich viele von ihnen schienen der Ansicht zu sein, dass diese Welt nur der Schatten einer anderen ist.

An gewissen unwirklich stillen Abenden, wenn nur die wenigen Motorboote aus kilometerweiter Entfernung unsere eigene grüne Eiche in eine leichte Schwingung versetzten, vermochte ich mir, wie ich da unten am Ufer saß, für einen Augenblick vorzustellen, dass es tatsächlich so sein könnte.

Und es fiel leicht, sich Ekelöfs Gedicht vor Augen zu führen. Etwas Großes und Schicksalsschweres gleitet weit draußen am Horizont vorbei. Und es ist nur die Bugwelle davon, die uns erreicht.

Was hattet Ihr erwartet?

Ingela, die Tochter des Gießers, ist jetzt vermutlich tot. Seit einigen Jahren. Vielleicht drei, vielleicht zwei. Ich erinnere mich an ihren dünnen, starken Körper, ihre kleinen heißen Brüste. Ihr Lachen, wenn sie sich aufs Fahrrad schwang.

Ja. Sie ist tot. Es gibt kein »vielleicht«. Ich weiß es, da mir jemand tatsächlich die Todesanzeige ausgeschnitten und geschickt hat. Nach Oxford. Eine unfreundliche Geste, möchte ich fast sagen. Ich durfte Ingela in sozusagen erwachsenem Alter nicht wiedersehen. Ich frage mich manchmal, wie sie gelebt hat und wie sie starb.

Und von der anderen Frau, die mein Leben prägte, weiß ich noch weniger. Unerreichbar und anbetungswürdig hat sie für immer meine Einsamkeit geformt.

Keine äußere Einsamkeit. Es gab immer, und gibt immer noch, genug Menschen um mich her. Ich meine die Art von Einsamkeit, der man etwas tiefer unter der Oberfläche begegnet.

Die Einsamkeit eines Menschen, der in einer meist feindlichen, nicht selten bösen Welt etwas zu beschützen hat.

Wellenplätschern, Windesrauschen. Die letzten dürren Schilfhalme, die sich aneinander reiben.

Glockenklang und ein Kaffeeduft im Wind.

Und der Wind geht, wieder aufs neue, durch sehr altes Gras. Jetzt ist der Moment, in dem ich in der Erinnerung diesen Wind in Bewegung setze. Aber es bleibt ein Wind.

Es ist Ende Mai 1954, und der Sommer ist gerade erst in Gang gekommen. Die Mädchen tragen lange, plissierte Röcke und Blusen, die sie selbst bügeln müssen.

Die besten, nein, die feinsten Teekannen kommen von Nordiska Kompaniet. Form ist überhaupt etwas sehr Wichtiges. Die Welt soll eine Form erhalten.

Die Tochter des Gießers, Ingela, muss irgendwie dasselbe empfunden haben wie ich. Dass es hier einsam ist. Obwohl man Ausflüge mit dem Motorboot machte und obwohl Nichten und Neffen und Tanten am laufenden Band bei der Familie des Gießers zu Besuch kamen.

Zu uns kamen nur die Onkel mütterlicherseits, und sie taten, wenn sie erst einmal angekommen waren, nicht viel anderes, als auf der Veranda Kasino zu spielen und Bier zu trinken, das in einem Kühlschrank an der Schornsteinmauer im Keller verwahrt wurde. Das Bier wurde jeden zweiten Dienstag in Kästen von der Alten Brauerei in Ramnäs unten im Kirchdorf geliefert, und das Merkwürdige war, dass diese Kästen nie reichen wollten. Und obwohl auf kahlgetretenem Rasen und an windigen Tagen unten in Sandgruben immerzu Badminton gespielt wurde, hatten wir nicht viel Umgang mit anderen Sommergästen. Einige, wie die Architektenfamilie Tarnebratt, wurden für zu fein und also hochmütig erachtet, andere, wie die Gießers, galten als furchtbar primitiv. Ich glaube, ich habe nie so viel unnötigen Abstand zu anderen Mensch erlebt wie in dieser Zeit, in diesem Gebiet. Während dieser Sommer nahe dem See.

Es war tatsächlich schwierig, auseinanderzuhalten, mit wem man reden und mit wem man nicht reden durfte.

Aber Ingela fing an, mit mir zu reden. Ganz von allein.

Ich hatte gedacht, sie hätte von meiner Existenz noch

gar nicht Notiz genommen. So gleichgültig hatte sie mich angesehen, wenn ich oben am Zaun stand, um nach dem Briefträger Ausschau zu halten, und sie auf ihrem viel zu schweren Rad vorbeikam. Entweder sah sie mich tatsächlich nicht. Und ich war ihr genauso gleichgültig wie ein Zaunpfahl oder ein Milchgestell am Straßenrand. Oder sie wollte mich nicht sehen.

Ich überlegte bei solchen Gelegenheiten, ob ich versuchen sollte, hallo zu ihr zu sagen, verzichtete aber darauf aus Angst, gedemütigt zu werden, wenn sie den Gruß nicht beantwortete.

Es ist wahrscheinlich, dass etwas Unwahrscheinliches eintrifft, behauptet, wie wir uns alle erinnern, Aristoteles in seiner Poetik. Jedenfalls bin ich der Ansicht, dass das eine einigermaßen statthafte Übersetzung ist. Mein Kollege Myles Burnyeat hier in Oxford hätte vielleicht etwas Besseres anzubieten. Aber ich sage es so: Es ist wahrscheinlich, dass etwas Unwahrscheinliches eintrifft. Eigentlich ist das natürlich falsch. Ein einzelnes Ereignis kann keine Wahrscheinlichkeit besitzen. Wie auch immer: Etwas Unwahrscheinliches geschah tatsächlich. Ich bekam ganz unerwartet eine Chance, nicht nur mit ihr zu reden, sondern sie anzufassen, ihre Düfte wahrzunehmen. An einem Nachmittag unten an den Briefkästen. Sie bekam einen Platten, Ingela, die Tochter des Gießers. In der kiesbestreuten und staubigen Kurve oberhalb von unserer Grundstückgrenze, auf dem Weg zu den Briefkästen. Das Fahrrad, das nicht ganz leicht zu handhaben war, kam ins Schleudern, und sie bremste mit einem Fuß im Kies, verlor das Gleichgewicht und schrammte sich den Ellbogen auf.

Natürlich rannte ich hin und bot meine Dienste an. Bezeichnenderweise bat ich sie nicht in das Sommerhäuschen meiner Eltern, sondern lief einen Schwamm, Wassereimer und Pflaster holen.

Es war keine große Schürfwunde, aber es gefiel mir sehr, sie zu versorgen. Sie verströmte so viele interessante Düfte, nach sonnengebräunter Haut, nach Shampoo, nach Mädchen.

Erstaunlicherweise jammerte sie nicht, während ich mit dem Schwamm die Steinchen aus der Wunde wusch. Das war der Gedanke, der mir durch den Kopf schoss, als ich sah, wie geduldig, fast ein wenig höhnisch sie sich mit diesem Schmerz abfand. Zugleich erlaubte sie es mir mit einer Art von überlegener Miene, als ginge sie eigentlich nichts von alledem, weder der Unfall noch meine immer enthusiastischere Wundbehandlung, etwas an.

Erst als ich das Heftpflaster – nach ein paar missglückten Versuchen, weil das an einem Ellbogen keine ganz leichte Sache ist – an seinen Platz bekommen hatte, schaute sie mir tatsächlich ins Gesicht.

Sie hatte eine geblümte Bluse und einen hellen, ziemlich abgetragenen Rock an, der Spuren von Johannisbeersaft trug. Ihre Füße waren staubig.

Ich hatte eine vage Vorahnung, dass etwas geschehen würde. Würde sie möglicherweise wütend auf mich werden, weil ich angefangen hatte, ihr zu helfen, ohne auch nur um so etwas wie Erlaubnis zu bitten? Eins war sicher, mit dieser Schramme am Ellbogen und dieser Reifenpanne am Hinterrad würde sie nicht so leicht davonradeln können.

Ich traute mich nicht einmal, ihr in die Augen zu sehen. Ich hatte Angst vor diesem allzu kalten Licht, dem Eislicht, das mich da erwartete. Es konnte kein Zweifel daran bestehen, dass dieses Mädchen nicht die mindeste Lust haben würde, mich kennenzulernen.

Es wurde ziemlich still, und in dieser Stille entdeckte ich, dass sich das Vorderrad ihres Fahrrads, das seitlich im Gras lag, noch immer drehte.

Man könnte sagen »als sei nichts geschehen«.

Und da ich an nichts anderes zu denken wagte, dachte ich daran, dass sich ein Punkt ganz außen an einer Speiche so viel schneller drehte als ein Punkt neben der Nabe, da beide verschiedene Strecken in der gleichen Zeit zurücklegten, während die Fahrradspeiche, als Ganzes genommen, nur eine einzige Geschwindigkeit hatte. Und das war Keplers Radialgeschwindigkeit, so wichtig für einen, der sich mit den Bewegungsgesetzen des Sonnensystems vertraut machen will. Diese Speiche deckte dieselbe Oberfläche in derselben Zeit.

Aber war es wirklich das, was ich gerade erforschen wollte? Das Rad dreht sich weiter. Auch der Planet drehte sich weiter mit seiner von Kepler vorhergesagten Radialgeschwindigkeit.

Keiner von uns beiden traute sich etwas zu sagen.

Als ich nach einer sehr langen Atempause den Blick hob und in ihre Augen sah, um mutig der Zurückweisung zu begegnen, die ich dort erwartete, war ich sehr überrascht. Sie hatten jetzt einen neuen Ausdruck bekommen. Sie waren nicht mehr ironisch, wie vorhin, als sie dem Anschein nach sagen wollten, dass alles, was geschah, im Grund sinnlos war und als sinnlos abgetan werden konnte.

Jetzt hatte sie mich gesehen. Ihre Augen waren tiefblau und klar. Sie schauten mit einer so geheimnisvollen Kühnheit, einer solchen Zweifelsfreiheit und einem so einsamen Hunger in die meinen, dass ich eigentlich nicht glaube, früher oder später etwas Ähnliches gesehen zu haben. Diese Augen wollten etwas von mir. Aber es ist so lange her, vielleicht täusche ich mich.

Nein. Ich täusche mich nicht. Ich erinnere mich an ihre Augen, und ich erinnere mich an eine kleine Wunde in einem ihrer Mundwinkel. Was sie sagte, daran erinnere ich mich hingegen nicht. Ich glaube, ich war schon von der Tatsache, dass sie überhaupt zu mir sprach, so fasziniert, dass ich die Reihenfolge der Wörter vergaß.

18

Geheimnisse zwischen Liebenden

Weil es immer windig war, wo wir wohnten, gingen wir gern über die staubige Landstraße mit ihrem kreideweißen Kies zu der Sandgrube, die sich auf der anderen Seite der Straße befand. Vor allem wenn wir Badminton spielen wollten, gingen wir immer über die Straße, hinter dem Haus des zornigen Sägewerkpoliers Eckermann und an den Scheunen vorbei, hinunter in die Sandgrube, wo es ganz windgeschützt war.

Dort spannten wir unser Seil und spielten. Mein Vater und ein paar wenige Freunde, die ich in den anderen Sommerhäuschen hatte. Ich weiß nicht recht, warum, aber nicht an allen Tagen wollten sie mit mir spielen. Es war offenkundig, dass es kaum etwas anderes und Unterhaltsameres war, was sie hinderte. Vielleicht hielten sie mich nicht für fein genug, da mein Vater Staubsaugervertreter war. Ich bin mir nicht sicher. Vielleicht war es etwas, das sie bei mir sahen, was ich nicht sah.

Etwas, das ihnen missfiel. Wie sah ich damals eigentlich aus? Langhaarig, ziemlich viele Pickel im Gesicht, leidlich gewaschenes Hemd und Shorts, Turnschuhe der alten Art aus blauem Segeltuch mit Gummisohlen, eine

Art von Schuhen, die über die Fähigkeit verfügten, einen abscheulichen Geruch abzusondern, wenn man sie im Haus abstellte. Aber waren die anderen Sommerhauskinder so viel netter?

Ich vermute, es war eigentlich etwas anderes: sie spürten, dass ich im Grunde genommen kein wirkliches Interesse daran hatte, mit ihnen zusammen zu sein. Dass ich die meisten ihrer Spiele und Beschäftigungen als kindisch oder ganz einfach sinnlos betrachtete. Ich sammelte Plankton in einem speziellen Gerät, das ich aus einem Siebtuch und einem Tablettenröhrchen konstruiert hatte und das ich hinter dem Kahn herschleifte, um die verschiedenen Arten unter dem alten Messingmikroskop zu untersuchen, das ich einmal von Magister Skoglund zu Weihnachten geschenkt bekommen hatte. Die anderen Jungen schienen nicht einmal an den Muscheln auf dem Sandboden interessiert zu sein, wo sie ihre Zehen hinstellten. Sie nannten die Pfahlmuscheln im Süßwasser Schnecken, und sie glaubten, dass Neunaugen Fische seien, obwohl sie so viele Millionen Jahre älter waren – und sie meinten, die grazilen blauschimmernden Libellen, die sich im Schilf aufhielten, seien Schmetterlinge.

Sie lasen Taschenbücher und Bill-Bücher, als ich schon an der Petroleumlampe saß – sehr weit heruntergeschraubt, um Petroleum zu sparen – und mich durch Strindbergs *Am offenen Meer* tastete, auf der Jagd nach dem, was der Dichter in diesem bemerkenswerten Roman offensichtlich versucht und doch nicht richtig zu verwirklichen vermocht hatte. Sie schienen eher an den

Steinen am Boden des Badestrands interessiert als an den Organismen, die darauf lebten.

Und die verwesende Kuh da unten im Moor, eine Färse, die sich in einen Tümpel verirrt hatte und nicht von Karlsson auf dem Fels und seinen Knechten gerettet werden konnte, obwohl sie mit Hilfe von ein paar langen Bootshaken ein Seil unter ihrem Bauch hatten durchziehen können, dieser Kadaver, der in den Hundstagen langsam fast auf seine doppelte Größe anschwoll und der so eigentümlich summte, wenn die vielen Tausende von eingeschlossenen Fliegenlarven sich in Wolken von Fliegen verwandelten – diesem faszinierenden Phänomen wagten sie sich nicht einmal im Abstand von einem halben Kilometer zu nähern.

Über so etwas konnten sie obszöne Scherze machen, aber sie hatten nicht den Mut, sich dem wirklich Obszönen zu nähern.

So war es wohl: Sie spürten, dass sie mir im Grunde genommen völlig gleichgültig waren.

Mitunter kamen mein Vetter aus Hallstahammar und sein Vater, Ingenieur Uhleberg, der Mann, der in Klempner Claessons Klempnerei eingeheiratet hatte. Auf Besuch. Und schauten – ohne größere Bewunderung – die Verbesserungen an, die Papa und ich seit dem letzten Mal vorgenommen hatten. Wir hatten Betonplatten gegossen und sie auf den Weg gelegt, den bescheidenen Gartenweg, der vom Zauntor zur Vortreppe führte, damit man an regnerischen Tagen weniger Dreck ins Haus brachte. Der erste Satz Platten aus unserer Fertigung war nicht besonders gelungen: die Platten zerbrachen unter den Füßen. Dann kamen wir auf die Idee mit Armierungseisen und schnitten Metalldraht aus einer alten Sprungfedermatratze, den wir in hübschen kleinen Kringeln in die Gussform legten. Die neuen Platten hielten, sie halten tatsächlich noch heute, wie ich feststellen konnte, als ich diesen Ort vor einigen Jahren besuchte, aber der Ingenieur und sein Sohn sahen überall Fehler, die falschen Personen beim Gießen, Fehler beim Auslegen, Fehler in den Fugen. Sie fanden kurz gesagt das meiste, was wir machten, auf die eine oder andere Weise falsch.

Es waren Personen, die immer glaubten, etwas besser zu wissen, und also Streit verursachten.

Im übrigen spielten wir friedlich. Unangenehm war es nur, wenn der Ball in dem dichten Gebüsch landete, das sich mitten in der Grube befand.

Hinter der Sandgrube – mal war es dort, dass wir Badminton spielten und mal auf einem weichen und grasbewachsenen, scheinbar verlassenen Wendeplatz für Holzfuhren – lag das Torfmoor. Mit seinen Scheunen, eigentümlich grauen Gebäuden mit breiten Spalten zwischen den Latten, Torfscheunen. Damals war dieses Moor in Gebrauch, oder besser gesagt ein Teil davon. Das meiste war noch ungenutzt, Multbeeren wuchsen dort und Mädesüß und Moorbeeren. Eine ganze Apotheke von seltsamen Düften. Die Moorbeeren konnten schläfrig machen, das Mädesüß duftete nach Hustensaft, und der Geschmack der Multbeeren, süß und herb zugleich, ließ sich kaum mit etwas anderem vergleichen.

Wo der Torf herausgegraben worden war – mit langschäftigen runden Spaten, die man manchmal hinter einer hartnäckig ausharrenden Birke finden konnte – gab es lange Kanäle mit braunem Wasser, das der Augustwind riffelte und das nach Alter, Urzeit und Entsetzen duftete. Hier draußen würden sich die Tochter des Gießers und ich später tatsächlich einen Sport daraus machen, diese Kanäle zu überspringen, was mitunter dazu führte, dass wir in dem braunen Wasser landeten.

Es war nicht immer kalt, jedenfalls nicht an bedeckten Sommertagen. (Ich erinnere mich daran als an etwas, das immer unter einem gleichmäßig grauen, einem bedeckten Himmel geschah, in diesem Zustand, den schwedische Zeitungen als »beständiges Wetter« zu charakterisieren pflegen.) Die Kleider, braun von dem leicht nach Medizin riechendem Torfwasser, klebten an unseren noch nicht ganz ausgewachsenen Körpern. Der Wind zog durch die verkrüppelten Birken. Wir liefen zur nächsten Torfscheune, in der Hoffnung, dass der immer gleichbleibend neugierige Förster Lindén bei seinen regelmäßig wiederkehrenden Rundgängen nicht auf uns stoßen würde, und zogen uns die nassen Kleidungsstücke aus, eins nach dem anderen.

Es faszinierte mich zu sehen, wie unterschiedlich die Sonnenbräune bei Ingela Platz gegriffen hatte und wie klein und fest ihre Brüste waren, mit kleinen dunklen Brustwarzen, die bereits von der Kälte steif geworden waren. Das intimste Kleidungsstück zog sie nur zögernd aus, auf eine fast gedankenvolle Weise. Wir hängten unsere nassen Sachen so gut es ging an den Latten der Torfscheune auf und ließen uns in den trockenen Torf sinken, der zu rau war, um für die Haut wirklich angenehm zu sein. Das einzige, woran wir uns wärmen konnten, zitternd von der kalten Feuchtigkeit des Moors, in Ermanglung von Handtüchern, waren wir selbst.

Am liebsten hätten wir uns vielleicht da eingegraben. Am liebsten wären wir da geblieben, im Torf vergraben, und hätten uns langsam in interessante, gut erhaltene Torfleichen verwandelt, Zeugnisse einer unendlich fernen historischen Epoche.

Vielleicht sind wir immer noch dort. Falls jemand auf die Idee kommen sollte, dort nach uns zu suchen.

Ich merke, dass es mir ein bisschen schwer fällt, diese Erinnerungen auf die Reihe zu bringen, die Erinnerungen an diesen Sommer. Ich weiß nicht mehr recht, in welcher Reihenfolge die Dinge geschahen.

Der Platz, auf dem wir spielten, der glatte Boden der Sandgrube, war, wie gesagt, sehr geschützt. Einmal war ich völlig unvermutet auf zeltende Radfahrer gestoßen, einen großgewachsenen Mann und eine sehr viel kleinere Frau mit offenen, dunklen Haaren. Sie vollzogen einen sehr spektakulären Liebesakt. Draußen vor dem Zelt.

Ich war im Auftrag meiner Eltern zum Moor unterwegs, um nachzusehen, ob es Multbeeren geben würde. Und wurde vom Rand der Sandgrube aus Zeuge. Es war sehr erregend, ich brauchte mehrere Tage, um die Erregung zu überwinden, die das Erlebnis hinterließ. Ich sah alles da oben vom Rand aus, und ich glaube, selbst wenn sie es gewusst hätten, sie hätten nicht innegehalten. So überaus beschäftigt waren sie miteinander.

Sie benahmen sich recht eigentümlich. Oder vielleicht war es meine Unerfahrenheit, die mich all das als eigentümlich empfinden ließ. Sie waren bereits ganz ausgezogen, als ich sie erblickte. Der Grund, warum ich überhaupt in die Grube hinunterschaute, war ein Kofferradio, das genau im Eingang des Zeltes stand, ein grau lackiertes Kofferradio der Marke Luxor, wie sie damals üblich waren, spielte einen Tango. Und die beiden tanzten, splitternackt zur Tangomusik, barfuss auf dem weichen Sand. Sie tanzten sehr gut und waren völlig voneinander in Anspruch genommen.

Es war kein besonders warmer Tag, ein solcher früher Sommertag unter einem grauen Himmel, wie man ihn oft im Juni erlebt. Und da unten war es völlig windstill. Trotzdem waren ihre Körper ganz rot. Sie waren rot geworden. Als die Musik aufhörte, taten sie ein paar Schritte voneinander weg. Sie schaute nur auf eines. Sein stark erigiertes Glied.

Aber als sei das nicht genug, schlug er darauf, ein paar kurze Schläge mit der Hand, um es noch steifer zu machen. Und jetzt geschah etwas, das ich mir nicht hätte vorstellen können. Mit einer Geste, die zugleich befehlend und eifrig wirkte, brachte er sie dazu, vor ihm niederzuknien. Und in einer einzigen Bewegung drang er von hinten in sie ein.

Seitdem war dieser Ort für mich mit einem mächtigen, erschreckenden Verlangen verknüpft. Als wäre etwas dort zurückgeblieben, eine starke Kraft.

19

Eine Welle erreicht uns am Strand

Ich machte mich – schließlich – mit dem gelben Bus auf zur Stadt und wanderte wankelmütig durch die leeren, warmen Straßen hinauf zum Paradies. Der Schlüssel befand sich dort, wo er sich befinden sollte. Unter der Fußmatte der Sorgedahls.

Von dem Augenblick an, in dem ich den Schlüssel in der Hand hielt, regte die große leere Wohnung hinter den verschlossenen Türen meine Phantasie an, weckte unruhige Träume.

Ich ging von Zimmer zu Zimmer und versuchte mir so viel wie irgend möglich vom Leben der Besitzer vorzustellen. Ich öffnete die Kleiderschränke im Schlafzimmer und konnte Frau Sorgedahls schwachen Duft in ihren Kleidern aufspüren. Ich legte mich vorsichtig auf das Bett und versuchte, ihr Kissen zu umarmen.

Das schenkte mir eine seltsame Lust.

Die Wohnungen abwesender Menschen, ging mir durch den Kopf, können zu einer Art Negativabdrücken ihres Lebens werden. Ungefähr wie jene harten, innen mit Samt ausgeschlagenen Futterale, in denen man Flöten oder Klarinetten verwahrt, oder gar Waldhörner.

Eine abwesende schöne Frau hinterlässt keinen Abdruck in der leeren Luft. Aber in ihrer Wohnung. Die meisten dieser Abdrücke sind sehr subtil. Aber es gibt sie.

Und sie schaffen die Voraussetzung für eine Art Triumph der Phantasie. Genauso, bin ich versucht hinzuzufügen, wie Gottes solide Abwesenheit in der Welt den Anlass für ein ganzes Bündel von Triumphen der Phantasie gibt.

Ich war fast sicher, dass niemand öffnen würde, aber die Stille selbst, ja, die Leere hinter dieser braunen Eichentür versetzte mich in Anspannung. Ich hoffte, dass niemand da sein würde. Ich hoffte intensiv, dass sie da sein würde. Schließlich wusste ich nicht mehr, was das Schlimmere wäre.

Ich klingelte einmal und war bereit zu gehen. Die ganze Idee, dass Sorgedahls mitten im Sommer zu Hause sein würden, war natürlich merkwürdig.

Aber man konnte hoffen. Den ganzen Weg die Hänge hinauf träumte ich von etwas, von dem ich wusste, dass es nicht geschehen würde. Ich würde nicht an der Tür klingeln, sondern sie mit dem Schlüssel öffnen, den ich für diesen Zweck bekommen hatte.

Dann würde ich Schritte hören. Sie würde ins Wohnzimmer mit seinen dunklen zugezogenen Vorhängen kommen, die den größten Teil des Lichts versickern ließen und den Raum in ein schwaches, purpurfarbenen Zwielicht tauchten.

Sie würde mir gegenübertreten, in einem leichten weißen Kleid mit kleinen blauen Blumen darauf, und nicht einmal erstaunt aussehen. Sie würde auf mich zukommen und mir tief in die Augen blicken. Sanft lächelnd würde sie mir den Weg ins Schlafzimmer weisen. Dort wäre es noch ein bisschen dunkler. Noch geheimnisvoller.

Und ohne jedes Zögern, als gäbe es wirklich keine andere Möglichkeit, würde sie ihre langen roten Haare lösen, bis sie wie ein Wasserfall über ihre Schultern flossen, und mit einer einzigen Bewegung ihr weißes Kleid über den Kopf ziehen und etwas völlig Unerwartetes sagen, etwas wie:

– Hast du gemerkt, dass alle Uhren stillstehen?

Die Wohnung war nicht ganz wie sonst. Jetzt im Hochsommer waren die Jalousien heruntergezogen, ein gedämpftes und geheimnisvolles Licht hing über den Dingen.

Ich ging herum und berührte andächtig die Gegenstände, von denen ich annehmen konnte, dass sie diese berührt hatte. Ich öffnete den Kleiderschrank in der Hoffnung, ihre Kleider zu finden und mein Gesicht in ihren Düften vergraben zu können. Zu meinem Erstaunen gab es dort keine Kleider. Nur einen alten, etwas verschrumpelten Regenmantel, möglicherweise ein archäologischer Fund aus der Zeit des früheren Wohnungsbesitzers, Studienrat Westerberg.

Ich hatte sogar Geld für den Bus bekommen, um vom Land hierher zu kommen. Und fuhr am letzten Donnerstag dieses Monats, meinem Versprechen treu, mit dem gelben Bus vom Ramnäser Bahnhof zur Busstation an der Munkgata. Um die Blumen zu gießen, die auf jeden

Fall auf den Balkon hinausgestellt worden waren. Man hatte mir aufgetragen, die große dunkle Wohnung zu lüften und alle Fenster sperrangelweit zu öffnen, während ich da war. Und dann daran zu denken, die Fenster sorgfältig zu schließen, bevor ich ging. Und die Post auf den Tisch im Flur zu legen: Briefe auf einen Haufen, Zeitungen und Zeitschriften auf einen anderen.

Wie gern hätte ich nicht die schwere Eichentür langsam aufgehen gehört, und das Geräusch ihres Sommermantels, wenn er an einen Haken im Flur gehängt wird! Sie wäre ins Zimmer getreten und hätte mich mit klugen, warmen, tiefblauen Augen betrachtet.

Und da hätte es nicht die geringste Überraschung gegeben.

20

Der wunderbare Tag

Und so kam dann dieser wunderbare Tag, an dem wir die Radtour machten. Für Ingela war es nicht leicht, sich von zu Hause wegzustehlen, ohne entdeckt zu werden, so viel steht fest.

Der Morgen war schön und still gewesen. Der Morgen eines dieser wirklich großen Sommertage. Solche, wie es sie eigentlich nur einmal in der Geschichte gegeben hat: in den fünfziger Jahren. Und zwar bevor der Westwind, der sanfte, beharrliche Westwind, der für solche Frühsommertage so typisch ist, richtig in Gang gekommen war.

Die Räder lagen praktisch übereinander hingeworfen neben der allzu steilen Kiesstraße. Man hätte annehmen können, es wäre ein Unfall geschehen. Aber ganz so war es nicht.

Ich erinnere mich an das alles in einem grässlichen Wirrwarr. Ich kann von dieser Liebe nicht in der Reihenfolge erzählen, in der die Dinge geschahen. Ich bin nicht einmal davon überzeugt, dass sie eine Abfolge hatten.

Frau Sorgedahl liebte ich. Aber das hier war etwas ganz anderes, Ingela, die Tochter des Gießers.

Unsere Räder lagen also hingeworfen neben der Kiesstraße. Es hatte schon lange nicht mehr geregnet. Der Geruch von Straßensalz vermischte sich mit dem Geruch von Mädesüß. Er konnte an den Geruch in einer Apotheke erinnern. Und hin und wieder trug der Wind den völlig trivialen süßlichen Duft von einem Rotkleefeld mit sich.

Der Dynamo am Vorderrad des blauen Fahrrads saß etwas locker. An steilen Hängen mochte man besorgt sein, was geschehen könnte. Was geschehen würde, wenn er ins Vorderrad kippte. Es musste zu einem abrupten Anhalten führen. Mit allen Konsequenzen.

Die Abhänge hier oben im Wald sind sehr steil. Die Straße führt über eine Wasserscheide.

Ein kleines Stück weiter in den Wald hinein, unter der nächsten großen Fichte, spielt sich ein immer lebhafterer Liebesakt zwischen den Besitzern dieser Fahrräder ab. Ingela hatte es nicht geschafft, das helle Sommerkleid auszuziehen. Von hier aus können wir nur ihre langen, schlanken Beine sehen, Teenagerbeine. Und den Rücken des Liebenden. Seine starken schmalen Hüften. Sie muss einen Badeanzug unter dem Kleid getragen haben, einen Bikini. Denn es ist ein Bikinislip, der an dem Birkenschössling knapp außerhalb des Schattens der Fichte hängt. Aber niemand ist da, um es zu sehen. Nur der Wind geht durch die Wipfel.

Das erste Mal.

Mit ihr.

Es geschah praktisch neben der Landstraße. Wir standen an einen Baum gelehnt, eine sehr alte Fichte mit schweren, schützenden Ästen bis ganz weit unten, fast bis zum Boden. Und küssten einander, bis wir einfach auf den Nadelteppich hinunterglitten. Sie hatte, daran erinnere ich mich, einen sehr erstaunten Gesichtsausdruck. Als hätte sie das nicht erwartet. Oder nicht gerade hier, nicht gerade jetzt. Eine Minute lang hatte sie sich irgendwie zögernd angefühlt, bis ich sie am Handgelenk gefasst und in den Schatten der Fichte gezogen hatte.

Ich weiß noch, dass ich mich fragte, noch in diesem Augenblick, ob sie mich eigentlich gern hatte. »Lieben« wäre wohl ein viel zu feierliches Wort gewesen. Eigentlich war sie nicht schön. Ihre rötlichen Haare waren schön, aber es gab eine kleine Unregelmäßigkeit in ihrem Gesicht, das ihr einen, wie soll ich sagen, etwas clownesken Ausdruck verlieh.

Wir lagen an einem Abhang. An einer Wasserscheide. Unter den Zehen in meinem Turnschuh konnte ich Kies rollen fühlen, als ich versuchte, auf dem Boden da unter der Fichte Halt zu finden. Hier verlief die Wasserscheide. Zwischen den Wassersystemen des Svartån und des Kolbäcksån. So, wie wir lagen, hatten wir den Kolbäcksån, Engelsbergs Hüttenwerk und den großen See Åmänningen über unseren Köpfen. Und ihre Beine zeigten in Richtung Svartån, auf den Weg zwischen Norbergs Bergbaugebiet und hinaus in den Hörendesjön. Der Wald neben der Straße war hier sehr dicht und ausgedehnt. Es war ein guter Pilzboden. Ich habe dort seit sehr langer Zeit keine Pilze mehr gesammelt.

Aber egal. Ich weiß, dass es dort Pilze gibt.

Das zweite Mal war viel später am selben Tag. Unterdessen waren wir schon mehrere Meilen geradelt. Diesmal in einer Torfscheune. Wirrwarr, Eifer, ein abgerissener Träger, Lippen, die gebissen werden. Das ältere Fahrrad war schwarz, ein hohes 28-Zoll-Damenrad mit Rockschutz aus einem grauen und stark verschimmelten wachstuchartigen Material. Dieser Geruch vermischte sich mit vielen anderen.

Sie sagte, mein Kopf gefalle ihr so gut. Sie habe noch nie einen so schönen und großen Kopf gesehen, sagte sie. Obwohl sie andere gesehen hätte. Behauptete sie. Ich verstand erst nicht, wovon sie sprach. Es war doch nichts Besonderes mit meinem Kopf. Nur dass es möglicherweise Zeit für einen Haarschnitt war. Aber dann verstand ich, was sie meinte.

Von einem solchen Punkt der Wasserscheide aus fließt das Regenwasser durch allerhand Rinnsale in kleine Seen und weitgestreckte Sümpfe, und von dort aus in größere und kleinere Wasserläufe hinunter in den jeweiligen Fluss, den Svartån mit seinen weitgestreckten Überschwemmungswiesen im Osten, den Kolbäcksån mit seinem mächtigen Seensystem im Westen.

Aber es muss einen Augenblick geben, in dem ein einzelner Wassertropfen, der ganz oben da auf der Höhe fällt, in eine der beiden Richtungen fallen kann, ein Augenblick, in dem es sich entscheidet, wohin er gehen wird. Aber wenn dieser gedachte Wassertropfen genau auf der Mitte landet, auf der scharfen Klinge des Augenblicks, ja, was geschieht dann?

Er kann ja nicht die Seite wählen. Und er kann auch nicht wählen zu wählen.

Was ist es eigentlich, was geschieht?

Ich denke. Und doch bin ich nicht *ganz* sicher, ob es mich gibt.

21

Bischof Billing träumt

Meine Mutter, an der Außenwelt nicht interessiert, fast gänzlich mit ihrer eigenen Phantasie beschäftigt, und zugleich wachsam wie ein Elchstöberhund, hatte eine unglaubliche Fähigkeit, solche Dinge wie das Verhältnis mit Ingela aufzuspüren. Sie schnupperte sich buchstäblich dorthin und fing ganz unmotiviert an, schlecht über die Familie des Gießers zu sprechen, wie sie da am Herd stand, beschäftigt mit etwas, das ein ständiger innerer Monolog zu sein schien. Der jedoch kein innerer Monolog war, sondern ein sehr hörbarer äußerer.

Der Gießer, sagte sie, sei berüchtigt für seinen Lebenswandel. Er saufe und misshandele seine Frau und seine Kinder. Deshalb gelte es, diese Kinder zu meiden. Sie könnten einen richtig schlechten, ja, gefährlichen Einfluss ausüben, wenn man nicht aufpasste.

Ich sei nicht besonders interessiert, sagte ich. Ja, außer natürlich an der jüngsten Tochter. Ich wisse bereits, dass sie Ingela heiße. Sie gehe immer als letzte in der Prozession hinunter zum Boot. Ja. Man könne den Eindruck bekommen, sie befinde sich ein bisschen außerhalb.

Mit meiner Mutter ist es so, dass ich keine Erinnerung daran habe, je ernstlich mit ihr gesprochen zu haben. Außer über ganz triviale Dinge, wie dass die Milch ausgegangen war oder dass wir für einen Putztag schulfrei hätten. Wir hatten ehrlich gesagt nichts, worüber wir miteinander reden konnten. Als ich mit Mitte zwanzig anfing, richtige Bücher in richtigen Verlagen zu publizieren und sie ein Exemplar mit einer Widmung bekam, legte sie es fein säuberlich auf einen Stapel auf ihrem Nähtisch, in der Absicht, es später zu lesen. Dieses »später« kam natürlich nie. Sie schlug diese Bücher niemals auf.

Fast von meinen frühesten Jahren an hatte ich einen Eindruck von Desinteresse an mir, der möglicherweise ungerecht war. Sie stopfte sorgfältig meine Strümpfe, sie pflegte mich, wenn ich erkältet war; sie machte mit einer Art von ängstlicher Umständlichkeit die Dinge, die normalerweise von einer Mutter erwartet werden. Auf eine abwesende, aber sehr ordentliche Art.

Es war eigentlich nur die Frage, ob ich eine Art von Innenleben hatte, das sie total gleichgültig ließ. Etwas, das recht stark gegen das lebhafte, vielleicht allzu lebhafte Interesse meines Vaters abstach. Manchmal hatte ich den Eindruck, er versuche gewissermaßen, sich in meinem Leben einzunisten, in Ermangelung eines eigenen.

Das war es, was es so prekär machte, Frau Sorgedahl anzurufen. Und so verdammt unnötig. Seine Intuition für das, was mir wichtig und unwichtig war, war unangenehm präzise.

Es ist möglich, wenn ich darüber nachdenke, dass ich ungerecht gegenüber meiner Mutter bin. Es kann so sein, dass sie es für gegeben nahm, dass ich eine Art von Innenleben besaß, es aber dabei beließ. Und jetzt, nach so vielen Jahren, ist es wirklich gehupft wie gesprungen.

Aber ich wurde es nie leid, ihr zuzuhören. Sie war, könnte man vielleicht sagen, ein monologischer Mensch. Entweder war sie ganz still, ging herum und murmelte vor sich hin, gern in den dunkelsten und entlegensten Winkeln der Wohnung wie der Kleiderkammer oder der Küche, oder sie setzte sich hin und erzählte. Meistens an Sonntagnachmittagen, wo alle sowieso beim Kaffee zusammensaßen.

Ihre Fähigkeit zu erzählen, ja, sich vollständig in ihren Erzählungen zu verlieren, war nicht vom gewöhnlichen Schlag. Ich habe nie etwas Ähnliches gehört. Sie ging in diesen Erzählungen herum, ungefähr wie man in einem tiefen Wald herumgeht, sie fand Pfade, wo es eigentlich keine gab, überwand Stacheldrahtzäune, fand Bäche und Quellen und Höhlen in eigentümlich aufgetürmten Steinblöcken. Manchmal kam sie wieder heraus, manchmal verlor sie sich so tief in der Erzählung, dass es ihr nicht gelang, ein Ende zu finden, sondern dass sie aufhören musste, wo sie sich gerade befand – ungefähr so, wie man einen Traum zu verlassen pflegt, ohne je zu einem befriedigenden Schluss zu kommen. Ich glaube, meistens ging sie von ihren tatsächlichen Erinnerungen aus, aber sie konnte sich ziemlich schnell von dort aus in ihre Phantasiewelten begeben.

Eigentlich hatte sie zwei Kindheiten, eine frühe in Småland, in einer nie richtig präzisierten Gegend, einem stilisierten, verallgemeinerten Ort, der eigentlich viele verschiedene Orte war, viele verschiedene Katen und Höfe, wohin ihr stets gleichbleibend rastloser, immer sonderbarerer, gescheiterter Vater die Familie gebracht hatte, bis sie nicht mehr konnten. Der Vater war nach Amerika verschwunden und die Kinder waren getrennt worden.

Sie selbst war damals in einem anderen, aber mindestens genauso sonderbaren Milieu gelandet: als Ziehtochter des Pfarrers von Haraker, einer sehr stillen kleinen Gemeinde, die genau dort liegt, wo die Ebene aufhört und der Wald anfängt. Der Pfarrer Linnqvist, ihr neuer Stiefvater, und seine Frau Emma Linnqvist, ein, wie es auf den Photographien aussieht, sehr adrettes kleines Paar, er mit großen frommen Augen, die sich auf dem schwarzweißen und etwas vergilbten Porträtphoto aus dem Atelier Wijgård in Västerås immer noch blau ausnehmen. Tatsächlich war es ein Missionarspaar, zurückgekehrt und ordentlich in der västmanländischen Gegend verankert, bei dem sie gelandet war. Von ihren Jahren in Indien, die sie mit der völlig unrealistischen Aufgabe verbracht hatten, Indiens wimmelnde Millionen von dunkelhäutigen Polytheisten zu der speziellen Variante des Jesuskults der Evangeliska Fosterlandsstiftelse zu bekehren, hatten sie einige vielarmige kleine Götter in Messing mitgebracht, die einen stillen Platz in einer Vitrine in der Esszimmerecke einnahmen, und einen riesigen, schön eingebundenen Band, der einen Jahrgang der Times of India enthielt.

Mamas Erzählungen verrieten, dass sie Phantasien waren, wenn nicht auf andere Art, so indem sie in anderen historischen Perioden spielten, unter anderen Generationen als ihrer eigenen. Sie konnte zum Beispiel erzählen, wie sie und die anderen kleinen Schwestern von Panik ergriffen wurden und wegrannten, so dass sie die wertvollen Eier aus dem Korb verloren (die Eier, die zum Armenhaus hätten getragen werden sollen, um sie den Armen zu geben), als sie einen ungeheuer großen, angsteinflößenden Mann sahen, der sich im Gegenlicht mit unfassbarer Geschwindigkeit näherte.

Was die Kinder sahen, war natürlich ein Radfahrer, einer der ersten Radfahrer in der Gemeinde Mörlunda, hinaufgeklettert auf eines der gefährlich hohen Hochräder. Aber dies geschah ja nicht Ende des ersten Jahrzehnts des 20. Jahrhunderts, als sie ein kleines Mädchen war – dies spielte sich in den 1870er Jahren ab.

Es ist die Erzählung von jemand anders, die sie ganz ruhig übernommen und zu der ihren gemacht hatte. Ich erinnere mich an unzählige dieser Art.

Vom Probst Tim aus Haraker, der so betrunken war, dass er kopfüber direkt zwischen die Schöffen in den Bänken fiel, die der Kanzel am nächsten waren, und zwar als Folge eines allzu üppigen Frühstücks, zusammen mit dem Bischof von Västerås und Mitgliedern des Domkapitels, die zur Inspektion eingetroffen waren, da jemand offenbar ganz unzuverlässige Gerüchte darüber verbreitet hatte, dass der selige Probst der Trunksucht verfallen sei. Ach ja – was konnte diesen strebsamen Pastoren im alten Västmanland nicht alles widerfahren – ganz zu schweigen von den weniger strebsamen.

Es gab gleichsam zwei Märchenzyklen, den småländischen, der in Katen in verlassenen, verwilderten Waldgebieten spielte, und den västmanländischen, der von allem handelte, was sie als Ziehtochter in einem Pfarrhaus erlebt hatte oder vor allem glaubte, erlebt zu haben, dort, wo die Ebene aufhört und der große dunkle Wald anfängt.

Die småländischen Geschichten hatten oft etwas von alten Mythen an sich. Da tauchten seltsame Wanderer in abgelegenen Katen auf, wo die Mutter die Kinder ängstlich in die Stube ruft. Und diese unerwarteten und erschreckenden Besucher, besonders einer, der einäugig ist und sich auf einen dicken Stab aus Eschenholz stützt, erschrecken einsame Frauen zu Tode, indem sie alles, praktisch alles über sie wissen, und wenn der Besucher gegangen ist, zeigt es sich, dass er in dem armseligen Haus einen Haufen glänzender Goldmünzen auf dem Küchentisch hinterlassen hat.

So weit gekommen, kann ja ein Erzähler in ganz verschiedene Richtungen gehen. Eine verlockende Spur wäre es, zu erörtern, wer der Besucher eigentlich war. Woher konnte er so viel wissen? Und warum hatte er nur dieses einzige Auge, genau diesen Wanderstab? Hatte man ihn nicht vielleicht vor ein paar Jahren auf einem Markt in Markaryd gesehen? Gab es nicht eine Geschichte darüber, dass jemand einen ähnlichen Haufen von Goldmünzen (echte, schwere Reichsgoldmünzen, hundert Kronen pro Stück wert oder vielleicht mehr) auf einem Tisch in einem ähnlichen Haus bei einem Häusler gesehen hatte, dem der strenge Gutsbesitzer Sam von Sinnerstad gerade mit dem Rauswurf gedroht hatte, weil er seine Pacht nicht rechtzeitig bezahlen konnte? Alle diese Wege hätte meine Mutter gehen können. Aber das tat sie nicht.

Stattdessen interessierte sie sich für die unmittelbaren Probleme der armen Frau. Wie erklärt die Mutter in Hvilan ihrem misstrauischen und brutalen Mann, dass bei ihr ein Haufen Goldmünzen auf dem Tisch liegt? Von einem Wanderer hinterlassen? Was hat der Wanderer als Entgelt bekommen? Das zu erklären, wäre nicht leicht.

Sie kann es ja nicht. Was tut sie? Sie vergräbt die Münzen in einem gesprungenen Krug in der Wiese neben dem Haus zwischen zwei ungewöhnlich großen Klettenstauden. Dort kann er bis zu dem Tag ruhen, an dem er gebraucht wird, dieser Krug.

Aber es kommt, wie es kommen muss: Sie findet den Krug nie mehr. Denn es zeigt sich, dass die Kinder ein paar Tage nach dem Besuch bei ihren Spielen diese Klettenstauden niedergetrampelt haben. Dort gibt es jede Menge Kletten, aber keine Münzen. Noch als sehr alte Frau mit gichtigen Händen und gekrümmtem Rücken sucht die Mutter in Hvilan nach ihren Goldmünzen. Doch der Krug ist und bleibt verschwunden.

Und das Gerücht weiß, dass man sie an dunklen Herbstabenden dort noch als gebeugte und dunkle Gestalt sehen kann, obwohl sie vernünftigerweise etwa seit fünfzig, sechzig Jahren auf dem Friedhof ruhen sollte.

Aber ihr Grab hat man natürlich nicht gesehen.

Die Geschichten meiner Mutter begannen oft von der humoristischen Seite, nicht selten im Mälardalen, sogar in Västerås. Es ging um Komödien, grausam, aber nicht brutal. Bischof Gottfried Billing hat einen Traum – er hält einen endlos langgezogenen und immer wirreren Vortrag in der Aula des Gymnasiums von Västerås, einen tastenden Vortrag, könnte man sagen, der von der geistigen Krise des heutigen Menschen handelt – und wacht plötzlich mit einem Ruck auf und entdeckt, dass genau dies der Fall ist: Er steht tatsächlich am prestigeträchtigen Katheder in der Aula des Gymnasiums, und er spricht wirklich zu einer sehr gelangweilten Zuhörerschaft über genau dieses Thema, »Die geistige Krise des heutigen Menschen und die Verarmung der modernen Phantasie«.

Von solchen im Grunde harmlosen Begebenheiten aus konnten die Erzählungen meiner Mutter dann auf immer dunklere, immer furchteinflößendere Regionen zusteuern. Und je mehr die Erzählungen sich verdunkelten, tat die Landschaft es auch. Die Erzählungen bewegten sich nach Norden, entlang dem Svartån oder Kolbäcksån auf die großen dunklen Wälder und die kleinen, einsam gelegenen Dörfer zu.

Dort gediehen sie am besten.

22

Das Mädchen und die Orgel in der Kirche von Haraker

Was meine Mutter über Haraker und seine Orgel zu erzählen hatte, war ungefähr Folgendes:

Die reichen Überschwemmungsgebiete um den Oberlauf des Svartån herum brachten Wohlstand und Kirchenbauten hervor, die sich, beispielsweise in Västerfärnebo, dem Pompösen näherten. Verglichen mit dem, was in den waldnahen Dörfern wie Sör-Ål und Åhl gebaut wurde, nahmen Västerfärnebo und Haraker sich wie kleine Kathedralen aus.

In Haraker (wo meine Mutter in den zwanziger Jahren bei Pastor Linnqvist wohnte und spülte und putzte und die Betten machte und Gemüsebeete jätete) ging es jedoch mit der Zeit abwärts, und die schöne Kirche war mittlerweile recht heruntergekommen. Und am schlimmsten stand es um die Orgel. Es war eigentlich ein mächtiges Instrument, im Jahr 1810 erbaut von dem Orgelbauer Samuel Christian Zwittenhoff aus Lübeck. Die Orgelfassade war damals, als meine Mutter sie zum ersten Mal sah, sehr eindrucksvoll. Sie fand, sie sähe aus wie ein Wald. Vielleicht ein Wald aus riesigen, in die Höhe geschossenen Salweidenpfeifen.

Und Salweidenpfeifen gibt es natürlich auch unter den vielen Registern der Orgel, im Salicional, wie es heißt. Über den Bordun und das Chalumeau bis hinunter zu zweiunddreißig Zoll hohen Bässen, mächtige Rohre, durchaus imstande, sich so weit hinunterzubewegen, wie im Symphonieorchester die Kontrafagotte und Wagnertuben, ja, tiefer, viel tiefer als was diese Orchesterinstrumente wagen, hinunter in die Tiefen, in denen der Ton sich in eine Vibration verwandelt, durchaus spürbar. In den Kirchenbänken, wo jede einzelne Verdichtung deutlich wahrnehmbar wird. Dort sind wir nahe dem tiefen Ton, der durchs Universum geht und der unsere eigene, höchst kurze und zweifelhafte Existenz ist.

Genug davon; von dem Tag an, als die alte Orgel von Haraker zusammenbrach und mit Regenwasser von einem unanständig lecken Dach gefüllt und erstickt wurde – etwas, das mit einem seltsamen Laut geschah, zwischen einem tiefen menschlichen Seufzer und einem leisen Knirschen –, war diese arme ländliche Gemeinde nicht weniger als drei Jahrzehnte lang gezwungen, sich eines hässlichen großen Koffers mit einer Kammerorgel zu bedienen, die der Kirchenrat von einer vom Konkurs betroffenen freikirchlichen Gemeinde in Engelsberg gekauft hatte. Das war nicht lustig. Der triumphierende theozentrische Staatskirchenton von Präludien und Fugen, dem Gottesdienst freier Bauern in einer schönen freien Landschaft angemessen, wurde jetzt ersetzt durch den jämmerlich nörgelnden Klagegesang der kleinen Leute zu einem Lieberjesus, der nicht viel für sie tun konnte, wenn ihre Hypotheken verfielen und der Hagel ihnen das bisschen nahm, was es in ihren mageren Obstgärten gab. Die Auswirkungen waren, wie jeder verstehen wird, tiefgreifend.

Die neue Orgel sah am ehesten aus wie eine große Umzugskiste – jedenfalls von hinten –, und mit ihrem schrillen Jammern klang sie wirklich genau so, wie man es von einer Freikirchenorgel erwarten konnte. Eine Staatskirchenorgel, ob groß oder klein, hat zwei Eigenschaften: Selbstvertrauen und Autorität. Klein oder groß, gepflegt oder lange vernachlässigt und verlottert wie die in Haraker, asthmatisch und mager wie ein unterbezahlter Buchhalter oder wohlgenährt und fett wie ein Hüttenwerksbesitzer, und mit ohrenbetäubenden Schwellern wie die große Orgel in Västerås, sie besitzen alle die gleiche Eigenschaft: Autorität. Sie befehlen. Sie flehen nicht.

Eine solche Kammerorgel möchte das auch gern. Aber sie bittet und bettelt wie eine Magd, welche die Hausfrau hinauswerfen will, weil sie ein Kind erwartet, ein höchst unwillkommenes Kind.

Man fragt sich, welche Wirkung es auf eine ziemlich reiche und mündige Landgemeinde in den östlichsten Teilen von Västmanland haben mag, dort wo die Überschwemmungswiesen des Svartån reiche, ja, überreiche Ernten hervorbringen, die in vollen Scheunen landen, plötzlich einer Kirchenmusik ausgesetzt zu sein – falls man dieses Elend überhaupt so bezeichnen kann –, die geeignet ist, sogar das Selbstbewusstsein eines Dompropsts zu torpedieren. Falls ein solcher dort vorbeikommt.

Ja, man fragt sich.

Die Antwort ist: natürlich verschiedene Wirkungen auf verschiedene Menschen.

Einige wurden kleiner, andere gediehen, besonders die kleinen Leute aus den waldnahen Dörfern. Sie hatten sich eigentlich nie richtig wohlgefühlt bei den mündigen Toccaten, von Bleihörnern und Bordunen ausgespien. Das Jammern der Missionsorgel war ihnen gleichsam näher. Manche, wie der Propst Tim, wurden dafür immer melancholischer. Es hieß, es sei in diesem Zusammenhang gewesen, dass er zu trinken anfing. Die Ursache war, so hieß es, dass diese piepsige Freikirchenorgel ihn ganz einfach an ihn selbst erinnerte. Er konnte dieses Gejammer nicht hören, ohne daran zu denken, was für ein Stümper, was für ein Ignorant und, vor allem, was für ein schlechter Verkünder er war. Diese Piepsorgel, diese in altes braunes Holz geschickt verpackte heilige Ziehharmonika konnte keinen einfachen verminderten Septimenakkord, die Königin der harmonischen Vieldeutigkeit, hervorpressen, ohne ihn daran zu erinnern, dass er regelmäßig seine Predigten klaute, entweder aus Johann Arndts karger altlutheranischer *Geistlicher Schatzkammer* oder Hugo Ferdinand Lefflers bluttriefender pietistischer *Christlicher Taubenstimme*. Beides zuverlässige alte deutsche Predigtsammlungen, von denen man wirklich hoffen konnte, dass kein Gemeindemitglied sie je aufschlagen würde. Er hatte sie einst aus dem Nachlass des Tillbergapastors Odlander beim Antiquariatsbuchhändler Börje Leander auf der Stora gata in Västerås erstanden, einem netten jungen Mann, der große Diskretion gezeigt und sich offenbar außerordentlich über die vier Kronen und fünfzig Öre gefreut hatte, die er für den ganzen Stapel erhalten hatte. Welcher dann auch Scrivers *Seelenschatz* und zwei französische Romane enthielt, *Mademoiselle G* ... und *La Comtesse C. dans son boudoir ou une assistance non prévue*.

Aus diesen Quellen hatte der Propst von Haraker fleißig geschöpft.

Das Piepsen und Wimmern dieser Orgel ließ indessen diesen Diener des Worts nicht nur sich selbst, sondern auch Das Wort in Frage stellen, dem er diente. Gab es eigentlich eine einzige Stelle in diesen Evangelien, auf die man sich verlassen konnte? Wie viele tausend Stümper, kurzsichtige Mönche, gierige und grausame Homousianer und Antignostiker, Arianer und einfache Saufköpfe und Sektenpolitiker hatten an diesen Handschriften herumgewerkelt, bevor sie wurden, was sie waren? Und zwar lange vor Hieronymus und seiner nivellierenden und einschmeichelnden Vulgata. Kurz gesagt: Wenn dies Das Wort war – wie konnte man wissen, dass es das wahre Wort war? Und diese christliche Moral, die er so feierlich in den sonntäglichen Hauptgottesdienstpredigten verkündete, woraus sollte sie eigentlich bestehen? Alles, was ihr wollt ... Nun, das klang ja gut. Aber da stand ja gar nicht, was man wollen sollte. Wie verhielt es sich dann mit den Masochisten? War dieses berühmte Prinzip im Grunde ein leeres, und obendrein ziemlich unrealistisches Verteilungsprinzip? In einem Jahrhundert hatte die christliche Moral Hexenverbrennungen vorgeschrieben und in einem anderen alle Höllenqualen für masturbierende Jünglinge.

Mitunter, wenn Propst Tim in Haraker seine Predigten vorbereitete, konnte es sich tatsächlich so anfühlen, als sei er auf ein lebensgefährlich dünnes, schwankendes Frühjahrseis geraten, das jederzeit unter ihm einbrechen könnte und ihn, ja, wohin befördern würde? In die glühende Gehenna natürlich – oder, was schlimmer wäre, ins kalte, aber stärkende Winterbad. Dieser Schöpfergott war nicht unser Gott, dieser Christus, der so schlecht empfangen wurde, war nicht sein Sohn, sondern ein Abgesandter aus einer anderen, ganz anderen Welt, ein Bote, der zu sagen versucht hatte, dass wir in diesem grausamen Eisenkäfig der Natur überhaupt nicht zu Hause waren.

Am meisten glich sie wohl der grausamen Gebärmutter des Tigerhais, in der die embryonalen Tiere einander nach bestem Vermögen verschlangen.

Nein. Wie sehr Propst Tim auch grübelte, er konnte sich doch keinen Reim darauf machen.

Ein Gott erschafft eine Welt, die sich in ihrer Grausamkeit, ihrer totalen *Unnatürlichkeit*, total *artifiziell* ausnimmt, in ihrem lächerlichen, vulgär rhetorischen Stil von Wirkungsquanten bis zu rotierenden Galaxien, eine Welt, die mit ihrem elastischen Raum und ihrer elastischen Zeit eher wie das dumme Spielzeug eines bösartigen Kindes wirkt, dieser Gott verwandelt sich gewandt in einen Menschen, nimmt entschieden Abstand von seiner eigenen Schöpfung – teilt mit, »Mein Reich ist nicht von dieser Welt« – und lässt sich dann unter extrem schmerzhaften Umständen entleiben. Wozu? Natürlich um zu *versöhnen*. Aber wer soll sich eigentlich mit wem versöhnen? Muss Gott sich wirklich mit sich selbst versöhnen? Oder die Menschen mit Gott? Warum? Weil sie ihn schlecht behandelt haben? Aber ist es nicht eher Gott, der die Menschen schlecht behandelt hat? Kann man sich eine grausamere, eine zynischere Welt vorstellen als die, welche er erschaffen hat? Mit Insekten, die einander nach dem Liebesakt vergiften, einander auffressen oder mit ihren mit Nägeln gespickten Penissen die Vagina des Weibchens aufreißen, damit keine fremden Gene jemals in ihre heiligen Domänen würden eindringen können.

Der Propst konnte in solchen Momenten spüren, dass er seinen Verstand sehr fest in den Griff nehmen musste. Es waren doch zum Teufel nicht die Menschen, die Gott schlecht behandelt hatten! Und genau genommen: Einen, der allmächtig ist, kann man doch gar nicht *behandeln*, weder auf die eine noch auf die andere Art. Oder vielleicht lag hier gerade das Problem: Gott fühlte sich vielleicht *ungeliebt*, nicht gebührend *geschätzt. Nach allem, was er für uns getan hat.*

Es war genau diese Art von Gedanken, welche die Jammerorgel mit Leichtigkeit in der Brust des Propstes wecken konnte. Aber wenn Gott nun so gern geliebt werden wollte, gab es ja unbestreitbar das eine oder andere, was er schon längst dafür hätte tun können. Will man wirklich geliebt werden, kann man doch wohl nichts Dümmeres tun, als ganz hochmütig dazusitzen und darauf zu warten, dass jemand kommt und einen liebt!

In seinen immer zerstreuteren Vorbereitungen für den Dreifaltigkeitssonntag schaute Propst Tim von Haraker von seinem schweren, von den Tintenflecken von Jahrhunderten braun marmorierten Schreibtisch in der Sakristei auf, übrigens eine der wenigen Stellen, von wo aus man die elende Kammerorgel nicht sehen konnte, erhob sich, um etwas aus dem Wandschrank zu holen, eine Zinnflasche, die, wie er hoffte, noch ein wenig von dem Hustensaft enthalten würde, den er zu dieser Zeit des Tages gewöhnlich brauchte, erhob sich also, warf einen Blick durch das Fenster der Sakristei, das einzige in der ganzen Kirche, das nicht farbig war, und sah etwas, was sofort seine Aufmerksamkeit erregte. Anemonen schmückten noch immer den Hang, denn dies war wirklich ein kalter und später Frühling, der hellgrüne, eigentümlich jungfräuliche Glanz der Birken schien zu geheimnisvollen Riten, unbekannten, aber tief erregenden Genüssen einzuladen.

War er, Propst Tim von Haraker, im Begriff, verrückt zu werden? Er fragte es sich mit einem Schauder. Die Freikirchenorgel vorn im Chor hatte zu klingen begonnen. Es war Kantor Norberg, der offenbar dabei war, sich im höchsten Register zu einer erträglichen Kombination von Oktavkupplungen hinaufzutasten, die offenbar im Zusammenhang mit dem Gottesdienst des Sonntags verwendet werden sollte. Das Gejammer ging durch Mark und Bein.

Er hörte jetzt deutlich ein Choralvorspiel zu Praetorius' uralter Hymne *Komm Heiliger Geist*.

Der Frühling draußen, das Gejammer der Kammerorgel in b-Moll, die furchtbaren ketzerischen, ja, *dämonischen* Gedanken, die wie ein Sturm gerade durch die Brust des Propsts gegangen waren – all das kam auf eine merkwürdige Art zusammen.

Es war ein eigentümlicher Augenblick, einer dieser Augenblicke im Leben, *wenn alles schwebt.*

Die Anemonen da draußen wendeten ihm ihre weißen kleinen Gesichter zu, Gesichter, die weder grausam noch wohlwollend erschienen, sondern nur fragend; die Birken versprachen mit immer intensiverer Verführung eine Lust, von der er wusste, dass sie nie die seine werden würde. Propst Tim spürte, dass er es auch nicht einen Augenblick länger in diesem geschlossenen Raum aushalten würde, hinter meterdicken Steinmauern aus dem 17. Jahrhundert. Er nahm den breitkrempigen Propsthut, einen schwarzen Frühjahrsmantel mit Kragen und Revers aus schwarzem Samt, den Spazierstock mit einer vergilbten, leicht gesprungenen Elfenbeinkrücke und ging raschen Schritts hinaus. Nach dem Orgelgepiepse in der Sakristei war der Eindruck des Vogelgesangs da draußen ungeheuer stark, ein Sturm von hungrigen, glücklichen Stimmen, die alle nur eines wollten: da sein. Für einen Augenblick empfand Propst Tim eine große Erleichterung: Auch er existierte tatsächlich. Er ging durch die Friedhofsallee, eine Allee wie so viele andere auf dieser Welt, und hatte in diesem eigentümlich schwebenden Zustand das Gefühl, einzigartig zu sein. Aber ganz am Ende der Allee, vorerst nur als Silhouette im Gegenlicht sichtbar, schien ihm jemand entgegenzukommen. Etwas später, als die Sonne plötzlich hinter einer hilfreichen Sommerwolke versschwand, sah der Propst verwundert, wer es war.

Oder besser: Er hatte keine Ahnung, wer es war.

Das Mädchen war eher klein gewachsen als groß, eher jung als alt, ihr Kleid war grau, verschlissen und an den Waden zerfranst. Sie hatte kastanienbraunes Haar, weder lang noch kurz. Über dem verschlissenen Kleid trug sie eine Jacke aus brauner Wolle und über der rechten Schulter einen Jutesack, der nicht ganz leer schien – er war eher voll als leer, und seine kantigen Konturen deuteten an, dass sich darin harte Gegenstände, vielleicht Werkzeug verbarg. Und das war kaum etwas, wovon man vermuten konnte, dass es ein junges Bettlermädchen, wenn es nun ein Bettlermädchen war, in einem Jutesack herumtrug, lässig über die Schulter geworfen. Vielleicht war sie stärker, als sie wirkte, die Kleine? Es war eigentümlich, dass es bei jedem Schritt, den sie machte, so schwer und metallisch in dem Sack klirrte, als verwahre sie einen ganzen Satz Stemmeisen und Hobel darin. Sie war dünn, aber offenbar doch aus zähem Holz geschnitzt. Die kastanienbraunen Haare, die meine Mutter schon erwähnt hatte, umrahmten schön ein ernstes Gesicht, in dem zwei leichte senkrechte Falten zwischen den Brauen möglicherweise auf eine gewisse Kurzsichtigkeit hindeuteten. War dies die nicht mehr ganz ungewöhnliche Art junger Frauen, die viele Bücher lesen, oder hatte ein Handwerk sie vielleicht dazu gezwungen, ihre Augen weit über das Übliche hinaus anzustrengen?

– Guten Tag, meine Gute, ich glaube, wir haben uns noch nie gesehen.

Sagte der Propst mit plötzlichem Wohlwollen.

– Was kann die Mamsell in diese entlegene Gemeinde geführt haben?

Die Junge knickste in ihrem verschlissenen Rock, knickste fast bis hinunter zu dem Punkt, an dem ihre mageren Knie leicht mit dem Boden in Berührung hätten kommen können, und sagte, leise aber zugleich sehr bestimmt:

– Nun. Ich suche den Herrn Propst von Haraker.

– Da sind Sie an die richtige Person geraten. Aber was kann ich für Sie tun?

(Der Propst, der eigentlich einen tief verwurzelten Abscheu gegen Bettler hatte, vielleicht, weil es Situationen gab, in denen dieser Prälat sich selbst als ein solcher fühlte, dachte, diese Bettlerin hätte doch etwas sympathisch Aufrichtiges und Bestimmtes an sich, man könne sich ihrer also ruhig annehmen und mit ihr reden. Sie war nicht von der Sorte derer, die *jammerten*. Andererseits musste man, wenn eine Bettlerin so gut aussah wie diese, vielleicht vermuten, dass sie keine Bettlerin war, sondern möglicherweise etwas Schlimmeres.)

– Ja, eigentlich ist es nicht der Herr Propst selbst, den ich suche. In Wirklichkeit suche ich eine Orgel.

– Eine Orgel? Sie scherzen, mein junges Lumpenfräulein. Und ich muss sagen, dass Ihr Scherz mich an einem besonders empfindlichen Punkt getroffen hat, an einer solchen Stelle, verstehen Sie, wo es weh tut. Eine Orgel! Das Fräulein meint doch wohl nicht, dass es in dieser Gegend herumwandert und Orgeln anschaut? Da muss ich leider sagen, dass das Fräulein zum falschen Ort gekommen ist. Gerade in dieser Gemeinde haben wir leider keine Orgel. Wir hatten einmal eine Orgel, eine sehr feine sogar. Aber das ist schon achtzehn Jahre her. Es ist so lange her, dass niemand sich richtig erinnert, wie es war, eine richtige Orgel hier in der Kirche zu haben.

Sie ist verrostet, will ich dem Fräulein sagen. Asthmatisch. Wertlos steht sie da wie ein verlassener Wald oben auf der Orgelempore. Ein wertloses Ding ist sie geworden. Und nichts anderes.

Ein Jammerkasten ist sie geworden. Das Fräulein kann selbst hineingehen und sich überzeugen. Wenn es zweifelt.

Das möchte ich dem kleinen Fräulein sagen, dass das Beste, was es tun kann, ist, so schnell wie möglich von hier zu verschwinden. Warum geht sie nicht nach Skultuna? Das ist nicht weit von hier. Oder warum nicht nach Romfartuna? Die haben wirklich Kirchenorgeln, dass es weit und breit um sie her donnert. Oder warum nicht dorthin zurückkehren, von wo sie gekommen ist, das mag Åhlsvarta oder Ennora oder der abgelegene und geheimnisvolle Orsa Finnwald sein, ja, wohin immer sie will. Aber hier gibt es nichts zu hören. Das will ich dem Fräulein sagen, dass wir hier nur *traurig* sind.

– Verzeihung, auf welche Weise traurig?

– Wenn man ankommt und sagt, dass man unsere Orgel hören will. Dann werden wir immer traurig.

– Aber ich habe doch nicht gesagt, dass ich gekommen bin, um die Orgel der Kirche von Haraker zu hören.

Das Erstaunen des Propsts ließ ihn in diesem Augenblick bis zu den Haarwurzeln erröten. Zögernd nahm er den großen schweren Propsthut ab und wischte ein paar Mal mit dem Taschentuch über seinen deutlich gelichteten Haaransatz.

– Aber was dann?

– Ich bin nicht gekommen, um die Orgel zu hören. Ich bin gekommen, um sie zu reparieren. Ich bin Orgelbauerin. Das habe ich von meinem Vater gelernt. Ich repariere Orgeln.

– Liebes Fräulein. Das mag so sein. Aber tun Sie mir jetzt einen Gefallen. Gehen Sie brav hinaus auf die frühlingshaften Wege und genießen Sie das frische Frühlingsgrün und stören Sie nicht mehr die hart geprüfte Gemeinde und ihren traurigen Hirten mit solchen wilden Einfällen.

Denn diese Orgel, will ich dem Fräulein sagen, kann wohl niemand heilen. Sie hat zu lange dagestanden.

Sie ist ganz einfach verrostet. Sie ist ein Museumsgegenstand. Das ist sie: ein Museumsgegenstand, ein Splitter aus einer glücklicheren Zeit, unserer großen Zeit hier in der Gemeinde, als Boethius Pastor in Mora und Muncktell in Irsta war, als mächtige Prälaten von weißen Kanzeln herab das Evangelium verkündeten, als noch keine verdammte Aufklärungsphilosophie eine einfache, gläubige Landbevölkerung mit ihrem Zweifel angesteckt hatte, kein Darwinismus die Tore zu der systematisch durchdachten Hölle geöffnet hatte, die wir die biologische Natur nennen, und keine Freikirchler Irrlehren über das Recht der Kirche auf Gesetz und Gnadenmittel verbreitet hatte – kurz gesagt, vor der verdammten *Moderne* – das junge Fräulein muss meine Wortwahl entschuldigen, aber es ist wenigstens aufrichtig gemeint –, damals war diese Orgel wirklich eine *Orgel*. Wie triumphierend waren nicht ihre Trompetenstimmen in der Jubelbotschaft des Ostermorgens, wie brummten nicht die Bordunen in Bachs mächtiger d-Moll-Toccata und Fuge nach dem Gottesdienst am ersten Sonntag nach Dreifaltigkeit! Wie verheißungsvoll versprach nicht das kalte und klare Salicional (oder wenn das Fräulein es vorzieht, die Weidenstimme) eine andere, eine höhere Welt jenseits dieses düsteren Eisengefängisses der Materie und der Natur, eine ewige Welt, zu der wir geboren wurden und nach der wir uns immer zurücksehnen. Wenn die Erkenntnis uns erreicht hat.

Ja, das waren andere Zeiten, diese gesegneten Zeiten der Orgel. Es war vor dem ganzen Elend: der Auflösung des Ständereichtags und dem Verbot des Branntweinbrennens für den Hausbedarf. Es war kurz gesagt die starke und unschuldsvolle und gottesnahe Zeit, die all dem voranging, was ich gewöhnlich unter der Bezeichnung *Dufvenbergs Zeit* zusammenfasse.

– Der Herr Propst bezieht sich auf den Studienrat Dufvenberg aus Ål, sagte das Mädchen ganz überraschend.

Doch der Propst schien nicht zuzuhören. Er war plötzlich sehr still geworden.

Und in diesem Augenblick dachte der Propst natürlich an sich selbst. Er war ernstlich verblüfft über dieses junge Mädchen mit den grünen Augen und den weichen dunklen Haaren, das vor ihm stand, ruhig und sicher, mit seinen zwei Falten auf der Stirn und seinem Werkzeugsack, den es mit einer solchen Leichtigkeit über die Schulter geworfen hatte, als wiege er eigentlich überhaupt nichts. Das Mädchen sah traurig aus, aber es tat, was der Propst gesagt hatte. Es entfernte sich entlang der Friedhofsallee und war bald verschwunden.

Aber am nächsten Tag saß es in dem Gewölbe neben dem Kirchenportal. Mit dem Werkzeugsack auf dem Schoß. Hatte es den ganzen Morgen dort gesessen?

Der Propst war an diesem Tag wieder sehr niedergeschlagen und den unaussprechlichsten Zweifeln und ketzerischen Gedanken anheimgefallen. Seit dem frühen Morgen war er lebhaft mit der Idee befasst, dass diese Welt vielleicht nicht nur das Produkt eines, sondern mehrerer böswilliger Schöpfungsgötter war. Und das ganze physikalische Elend mit den vier Naturkräften, der schwachen und der starken Anziehung im Atomkern, den elektromagnetischen Wellen und der Schwerkraft war im Grunde genommen kinderleicht zu erklären. Sie hatten tatsächlich nichts miteinander zu tun! Diese verschiedenen Schöpfungsgötter waren sich ihrer gegenseitigen Existenz vielleicht nicht einmal bewusst. Warum sollten sie es auch sein – genauso wenig wie konkurrierende Viren in einem tödlich infizierten alten Körper die geringste Kenntnis von einander hatten.

Die simple Wahrheit war wohl, dass der Prost von Haraker nicht nur ein inneres Schlachtfeld für ketzerische Gedanken war: Es wirkte fast so, als hätte er begonnen, ein Talent zum Erzketzer zu entwickeln. Es hatte wohl immer schon einen diskreten kleinen Raum für Gnostizismus in der christlichen Verkündigung gegeben – Jesus steht auf deiner Seite: gegen wen? – aber wenn ein gewöhnlicher Propst der Schwedischen Kirche sich ernstlich fragte, was eigentlich falsch am Polytheismus sei, dann konnte man sich mit Fug und Recht fragen, was da im Gange war.

Der Empfang war dementsprechend barsch:

– Das Fräulein wieder hier? Um die Orgel zu reparieren, nehme ich an. Lasse sie mich dem Fräulein nur sagen, dass das ein etwas zu einfacher Trick ist, als dass wir in der Gemeinde Haraker darauf hereinfallen würden. Habe ich nicht gesagt, dass diese Orgel nicht zu reparieren ist? Sie ist tot, vollständig tot. Gehe sie jetzt und nehme sie ihr Werkzeug mit. Und vergesse sie nicht, dass es tatsächlich ein Gesetz gegen Landstreicherei gibt, das davon handelt, wie man mit Leuten wie ihr umgeht.

Langsam, man könnte sagen, nicht ohne eine gewisse Würde, schnürte das Mädchen seine abgetragenen Schuhe, hängte den Sack über den Rücken und verschwand die Allee hinunter. Niemand, und am allerwenigsten der Propst, hätte wohl erwartet, dass sie sich wieder zeigen würde.

Aber das tat sie tatsächlich. Bereits am nächsten Tag. Da saß sie wieder auf der Steintreppe neben dem Portal.

Der Propst, ein, wie wir schon gehört haben, im Grunde unsicherer Mann, ausgestattet mit einem minimalen Selbstvertrauen und bis in die Herzwurzeln von einem Sturm ketzerischer Gedanken geschüttelt, die seit einer Anzahl von Jahren seine Seele heimsuchten, begann aus irgendeinem Grund diese eigentümliche junge Frau als persönliche Bedrohung zu empfinden.

Vielleicht, weil er sie mit der erstickenden Anwesenheit der Kammerorgel und der mächtigen Abwesenheit der Kirchenorgel in Zusammenhang brachte.

– Das kleine Fräulein hat möglicherweise schon vergessen, was ich gestern über die Bestimmungen des Landstreichergesetzes bezüglich herumstreunender Frauenzimmer bemerkt habe, leitete er, nicht besonders galant, muss man wohl sagen, die Konversation dieses Vormittags ein.

– O ja, antwortete sie freimütig. Freilich weiß ich das. Und ich weiß auch noch mehr. Zum Beispiel über Orgelreparaturen.

– Von wem hätte sie das lernen können?

– Von meinem Vater natürlich, Herrn Ladegast aus Schwerin. Er ist doch wohl bekannt? Herr Ladegast, der die Orgel in Schwerin gebaut hat. Die, welche drei Manuale mit 54 Tönen, ein Pedal mit 27 Tönen, 5 pneumatische Maschinen, 13 Kupplungen mitsamt Schwellern, 18 Windladen, 12 Bälge, 7 Regulatoren sowie 50 Stimmen besitzt.

Sie ist ganz schön raffiniert, dieses Mädchen, dachte der Propst, mehr als man meinen könnte. Sie hat das gesamte Vokabular auswendig gelernt! Von »Windladen« hat man ja schon gehört, und von »Manualen«. Aber das mit den »Bälgen«, »pneumatischen Maschinen« und vor allem »Schwellern«, das geht doch wohl ein bisschen zu weit. In der Jugend meines Hebräischprofessors, H. S. Nyberg, gab es in der hochgelehrten theologischen Fakultät ja immer noch eine Professor für Pneumatologie. Pneumatologie ist ja, wie alle gelehrten Menschen wissen, die Lehre vom Heiligen Geist oder *pneuma*, Gottes Atem. Und ist das nicht der Grund, warum der Apostel Paulus so verheißungsvoll von dem Körper spricht, den wir nach der Auferstehung erhalten sollen, dass er ein *soma pneumatikon* sein wird? Oder ist es vielleicht etwas anderes? Wie kann übrigens ein Körper geistig sein? Ist das nicht vielleicht ein wenig widersprüchlich?

Aber wovon handelt eigentlich die pneumatologische Wissenschaft? Wie wäre es, eine Professur für Pneumatologie innezuhaben? Worüber hätte man auf einem solchen Lehrstuhl eigentlich zu sprechen? Könnte man mehr als fünfzehn Minuten mit den Bibelstellen füllen, in denen der Heilige Geist tatsächlich vorkommt? Soweit der Propst sich erinnern konnte, war der Heilige Geist im wesentlichen die Erfindung eines Kirchentreffens, wie üblich nach einer viel intelligenteren jüdischen Idee konzipiert, nämlich der von Gottes weiblicher Seite Schekinah.

In diesem Augenblick erkannte der Propst, dass er wieder in einer dieser schrecklichen Zweifel- und Ketzerattacken gelandet war, die ihn während des vergangenen Winters immer öfter geplagt hatten, ein abscheulicher seelischer Zustand, in dem die ganze sichere Wirklichkeit sich in einen bösartigen Sumpf verwandelte, wo man mit jedem Augenblick nur noch tiefer im Schlamm versinken konnte. Ein Zustand, den er an gewissen Tagen seinem erheblichen Alkoholkonsum zuschrieb, an anderen Tagen wiederum der fundamentalen Bedrohlichkeit des Daseins – und besonders der menschlichen

Existenz. So, wie sie sich äußerte: in der Einsamkeit, im Wissen um die Nähe des Todes und der sexuellen Lust, eine Art in unser eigenes Wesen eingebauter Schwerkraft, die uns mit dämonischer Vorhersehbarkeit jedem seltsamen Objekt zuführen konnte, das sie zufällig ausgewählt hatte. Mägden mit runden Schultern, hübschen kleinen Jungen in Konfirmandenklassen, schönen schlanken Birken auf abseits liegenden Weiden, einschmeichelnden großen Hauskatzen …

Und plötzlich wurde dem Propst bewusst, dass das Mädchen immer noch dastand, offenbar in Erwartung einer Antwort. Er hatte das unangenehme Gefühl, auf eine subtile Art *ertappt* worden zu sein, ohne richtig erklären zu können, wobei.

Das Mädchen drehte seine schmalen Schultern ein wenig, und das ließ den Werkzeugsack auf seinem Rücken klirren, als wolle er erzählen, wie viele nützliche Dinge in ihm enthalten seien. Wolken zogen, zum ersten Mal seit mehreren Tagen, am westlichen Himmelsgewölbe auf, ein unerwartet kalter Wind brachte die Alleebäume in Bewegung, und der Propst spürte, dass er sich irgendwie verantworten musste, ohne richtig zu begreifen, wem gegenüber oder wofür.

– Wie viel willst du denn dafür haben? Sagte er ganz vulgär und ohne sich zu fragen, woher er dieses – für die Situation – viel zu vertrauliche »du« nahm.

Aber das Mädchen war – wie erwartet – nicht schüchtern.

– Das hängt vom Umfang der Reparatur ab. Es kann teuer werden, wenn ich die Windladen austauschen und die Treiber der Oktavkupplungen nachschleifen muss. Wenn nur der Anschluss in den Windladen verrostet ist, kann es sicher etwas billiger werden.

– Über wie viel sprechen wir ungefähr? Fragte Propst Tim mit einer plötzlichen Hilflosigkeit in der Stimme.

Das Mädchen antwortete nicht. Der Propst erkannte, dass auf irgendeiner Ebene, in einer der vielen schweigenden, unergründlichen Landschaften der Seele, dieses Treffen schon entschieden war. Mit einer Geste, von der er hoffte, dass sie nicht missverstanden werden würde, steckte er die Hand unter den Hosenbund, wo der übergroße Kirchenschlüssel verwahrt wurde, und sperrte für das Mädchen auf. Er hoffte aufrichtig, dass er sich nicht für das, was er jetzt tat, vor dem Kirchenrat würde verteidigen müssen, oder, noch schlimmer, vor dem Domkapitel im fernen Västerås.

Der Rest der Geschichte, sagte meine Mutter mit ihrer eigentümlich heiseren, schleppenden Stimme, ist natürlich leicht zu erraten.

Das Mädchen verschwand die Treppe hinauf zur Orgelempore, warf den Werkzeugsack auf den Boden, so dass es weit auf den Kirchhof hinaus klirrte, fand augenblicklich den richtigen Schraubenzieher und öffnete die beinahe festgewachsene alte Holzluke, die direkt ins rätselhafte Innere der Orgelmaschinerie führt.

Von dort hörte man bald mancherlei Geräusche, von der Art, wie sie eifrige Handwerker hervorzubringen vermögen: hobelnde, feilende, kratzende, schraubende, hämmernde, stimmende. Ja, so groß war der Lärm von dort oben, dass Propst Tim sich veranlasst sah, Kirchendiener Andersson zu erzählen, dass er tatsächlich einen Handwerker – dass es sich um ein Mädchen handelte, wagte er nicht zu erzählen – ans Innere der Orgel herangelassen habe, nur um ganz vorläufig festzustellen, was für eine Reparatur notwendig sein würde. Kirchendiener Andersson wirkte kleingläubig, wagte aber nicht recht zu sagen, was er dachte, nämlich, dass der Propst jetzt endgültig den Verstand verloren hätte.

Natürlich verbreitete sich die Nachricht rasch zu den benachbarten Mitgliedern des notorisch bauerngeizigen Kirchenrats. Es gab keinen Zweifel, dass ein großartiger Skandal heraufzog, der endlich bedeuten würde, dass die Propsttage des stark alkoholisierten Propsts gezählt sein würden, eine Perspektive, welche die geizigen Bauern von den Überschwemmungswiesen des Svartån aus tiefstem Herzen begrüßten.

Dies ereignete sich vor den Zeiten des Telefons oder vielmehr zu einem Zeitpunkt, als nur der Landpolizeikommissar in Färnebo und der Handelsmann Tunberg in Sevalla Zugang zu diesen rätselhaften und jedenfalls schwer zu bedienenden modernen Apparaten hatten, und deshalb schaffte es der Kirchenrat nicht, sich zu einer geplanten außerordentlichen Versammlung zu treffen, bevor etwas sehr Merkwürdiges geschah.

Es war an einem stillen Juniabend, sehr spät, in der kaum wahrnehmbaren Dämmerung, die an solchen Abenden in ein eigentümlich neutrales Porzellanlicht übergehen kann, ein Licht von der Art, wie es auch auf einem sehr fernen Planeten in einem sehr fernen Planetensystem herrschen könnte. Der Propst, der an seiner

Predigt für den ersten Sonntag nach Trinitatis saß – während ihm allerhand entsetzliche, am ehesten als dämonisch zu bezeichnende Gedanken durch den pochenden Kopf schwirrten – und versuchte, aus dem abgegriffenen dritten Band von Scrivers *Seelenschatz* abzuschreiben, der in dem bescheidenen Arbeitszimmer des Pfarrhauses vor ihm auf dem Tisch lag, sah plötzlich mit einem Ausdruck im Blick auf, der Entsetzen glich. Oder war es Ekstase?

Was er hörte, war der tiefe, triumphierende Laut einer 32-Zoll-Bordune. Er meinte einen Augenblick lang, halluziniert zu haben. Aber jetzt war es wieder da. Und stärker jetzt, ja – *schwellend*, als wäre ein *Schweller* angezogen worden. Jetzt müsste es in der ganzen Gegend zu hören sein, meinte der Propst in seinem stark angegriffenen Zustand.

Und nun fügte sich ein schüchternes Salicional zu der dumpfen Bordune. Es konnte keine Halluzination mehr sein, kein rasch einsetzender Schub von *delirium tremens*, nach dessen ersten unheilverkündenden Zeichen der Propst den ganzen vergangenen Winter lang Ausschau gehalten hatte. Diese Bordune, 32-füßig und mächtig, wurde mit unendlicher Zärtlichkeit von der scheuen Salweidenpfeife umrankt, deren keusche Wohnung im ersten Register war, während die Bordune in dem kellerartigen vierten hauste. Und dennoch konnten die beiden einander finden. Der Ton war rund und fest, so genau getroffen wie bei einem Regimentstrompeter.

Nein, dies war Wirklichkeit. Stimme für Stimme erwachte zum Leben, und plötzlich war es da, das ganze triumphierende Choralvorspiel von Praetorius' uralter Hymne »Komm Heiliger Geist mit Deinem Trost«.

Der Propst rannte zur Kirche und fand das Mädchen im Aufbruch. Sein erster Eindruck war, dass sie furchtbar staubig war. Mit einem weißen Unterarm strich sie sich Holzspäne aus dem Augenwinkel. Ihr schon vorher zerfranstes Kleid sah jetzt aus, als sei es dazu benutzt worden, den Windkanal der Orgel zu säubern. Aber den triumphierenden Ausdruck in ihren grünlichen Augen würde Propst Tim nie vergessen.

– Wie wunderbar! Aber wie viel sind wir dir schuldig, junge Dame? Fragte der Propst, nicht ohne eine gewisse Unruhe in der Stimme.

Das Mädchen wirkte eher erstaunt.

– Wieso schuldig?

– Wie viel *Geld* sollen wir dir für deine Arbeit zahlen?

– Oh, sagte das Mädchen. So etwas ist nicht mit Geld zu bezahlen. Aber jetzt ist es Zeit für mich zu gehen. Ich habe viel zu tun.

Man suchte in der ganzen Provinz, ja, bis hinauf im Orsa Finnwald, nach dieser seltsamen jungen Frau. Denn es gab ja mehrere Kirchen mit mehr oder weniger verrosteten und verfallenden Orgeln. Man hätte sie wirklich brauchen können. Aber sie war nirgends zu finden. Manche meinten, sie sei von überirdischen, andere wieder, sie sei von unterirdischen Kräften gesandt.

Ja, einer meinte sogar, es sei tatsächlich der Heilige Geist, diese vom Kirchenchristentum so radikal missverstandene Freundin und Fürsprecherin – wenn wir Kardinal Ratzinger aus München trauen dürfen –, die weibliche Geisteskraft, die darauf beharrte, uns zur Seite zu stehen, welche Propst Tim zur Hilfe gekommen war.

Er genas langsam von der Depression, in die er verfallen war, und wäre er nicht in derselben Kirche während einer Bischofsvisite im Frühjahr 1904, in der schlimmsten Erkältungszeit, in betrunkenem Zustand von der Kanzel gefallen, hätte er vermutlich die höchsten kirchlichen Ämter erlangt.

Erzählte meine Mutter.

23

In der Nähe der Seen

Die Seen, von dem kleinen zischenden Fragg im Norden bis hinunter zu den Mälarbuchten im Süden, hatten alle verschiedene Gerüche.

Der Geruch des Norra Nadden hatte genau wie der des Södra Nadden einen Unterton von verfaulendem Schilf, doch der nördliche See hatte eine leicht schwermütige Note, die auch in seinem Geschmack wahrzunehmen war, die Rinde von längst versunkenen Baumstämmen.

Damals, als das Sägewerk noch existierte, das die Herbsttage mit dem langgezogenen melancholischen Schrei erfüllte, der immer entstand, wenn ein neuer Stamm in die Sägerahmen hineingezogen wurde, gab es auf mindestens zehn Prozent des Sees eine merkwürdige Oberflächenschicht aus Holzstämmen, zwischen Rahmen eingesperrt (sie kamen von Norden, in langen Bahnen eingeflößt von den Schleppern Oden oder Rex – mehr wusste man nicht über sie.)

Sie lagen manchmal monatelang im Wasser, die toten Kiefern, und warteten darauf, zersägt zu werden. Es sei wichtig, dass sie im Wasser lagen, hieß es. Es war nicht nur eine bequeme Art, sie zu verwahren. Das Wasser schütze sie vor Insekten, die sie sonst in kürzester Zeit zerstört hätten.

Da mochte wohl etwas Wahres dran sein. An warmen Sommertagen spritzten Wasserschläuche eine ununterbrochene Dusche auf die großen Stapel von zersägtem fertigen Holz da drinnen an Land. Diese Stapel waren ungefähr so hoch wie zweistöckige Häuser, und es machte einen eigentümlichen Eindruck, als ob man sich in einer Stadt mit fensterlosen, stummen Gebäuden bewegte, wenn man durch die mit Rosten bedeckten Straßen ging.

(Ich selbst hatte als kleiner Junge oder junger Mann eigentlich nichts gegen diesen Eindruck. Was mir an den gewöhnlichen Straßen missfiel, war ein Zustand, der ganz plötzlich auftreten konnte und sich in dem unangenehmen Gefühl äußerte, dass die Fenster einen anstarrten. Mit einem eigentümlich leeren, toten Blick, aber doch mit einem viel zu großen Interesse, als dass ich mich richtig sicher fühlen konnte. Und sie starrten nur auf mich.)

Dieses Wasserspritzen auf Bretterstapel und Stämme war sehr dünn, sehr ökonomisch, weit entfernt davon, zu einer Art Springbrunnen zu werden. Es verbreitete nur einen hauchdünnen Dunst von Wasser über den Stapeln. Der Schatten und Licht weniger scharf machte und eine Schicht sanfter Unwirklichkeit um diese fensterlose Stadt von gleichförmigen Häuserzeilen schuf, alle aus denselben duftenden Kiefernbrettern erbaut.

Die Holzkäfer, die man daran hindern wollte, das

Holz aufzufressen, gab es auch im Sommerhäuschen in Ramnäs, im Bretterfutter um die Plinthen des Kellers herum, das aus rohem und auf einer Seite unbearbeiteten Holz gemacht war, richtigem Ausschussholz, das zwar an der Außenseite, aber nicht an der Innenseite mit ein wenig Kuprinal behandelt worden war. Warum weiß ich nicht. Der plötzlich einsetzende Geiz meiner Eltern hörte nie auf, mich zu erstaunen. Es knackte und kratzte in dem Holz, besonders nachts. Und man hörte es besonders gut, wenn man auf dem Plumpsklo saß, auch dieses aus Geiz im Keller eingebaut. Wenn man etwas Rinde von dem billigen Holz abzog, konnte man die Gänge dieser Insekten sehen.

Wenn man das Wort »Gang« hört, ist man versucht, fast automatisch »labyrinthisch« hinzuzufügen, nicht wahr? Ungefähr wie wenn man »Gegend« sagt und sogleich »die liebliche« hinzufügen will. Was nicht immer ganz zutreffend ist. Wie wäre es beispielsweise mit der »lieblichen Gegend von Bromma«?

Genug davon. Die Gänge dieser kleinen gepanzerten Insekten waren wirklich labyrinthisch. Man war in Versuchung, mehr und mehr von der Rindenschicht abzuschälen, um diesem Netzwerk von Gängen zu folgen, bis man zu den etwas größeren Kammern kam, wo die Eier und Larven verborgen waren. Die dann Gegenstand einer ebenso schnellen wie unerbittlichen Ausrottung wurden.

Mit Insekten gehen wir immer auf eine grausame und neugierige Art um.

Es ist, als würde all die natürliche Bosheit, die es

beim Menschen gibt, eine Art Übungsperiode bekommen, wenn er noch ein Kind ist und sie an Insekten erproben kann. Bei den Holzkäfern, kleinen, schmalen, fast bootförmigen grauen Käfern mit sehr langen Fühlern, begnügte ich mich damit, ihre Gänge freizulegen.

Was ich eigentlich erreichen wollte und was mir nie gelang, war, an das eigentümlich tickende Geräusch heranzukommen. Leise, aber gleichmäßig, wie eine sehr langsame Uhr. Auf irgendeine Weise mussten es die Käfer sein, die es verursachten. Ich hasste es, wach zu liegen, einsam, in den langen Augustnächten, und diesem Ticken zu lauschen. Die Totenuhr, sagte meine Mutter. Aber in dem Fall müssten die Menschen ja immerzu auf dem Totenbett liegen. Es gab keine Nacht, in der man sie nicht hören konnte.

Genau so waren die Insekten, die sich in diesen Stämmen niederlassen konnten.

Aber wenn besonders günstige Winde die Flößstämme in die richtige Art von Bewegung versetzten, konnte der eine oder andere Stamm sich auf der anderen Seite des Flößrahmens losmachen und in die Freiheit gelangen, dorthin, wo Boote kamen und gingen und wo die Sommergäste wohnten. Wenn die Stämme bei den Sommergästen strandeten, die immer einen Mangel an Holz hatten, wurden sie stets herausgezogen und rasch in der Augustdunkelheit zersägt.

Aber die meisten versanken natürlich, wenn nicht in diesem Sommer, dann im nächsten, und sie mussten immer noch da auf dem Boden liegen. Holz, das gänzlich unter die Wasseroberfläche versenkt ist, vermodert im

Süßwasser ja nie. Die Stämme im Norra Nadden mussten immer noch da liegen. Wie genauso viele verschwundene Sommer. Ist das nicht irgendwie eigentümlich?

Oben am nördlichen Ende des Norra Nadden gab es damals ein mit Schilf durchwachsenes Deltaland mit vielen verschiedenen Kanälen, die sich in immer neue Wasserwege teilten. Wollte man dort mit einem flachen Kahn eindringen, musste man sich anstrengen, um durch die dichte Teichsimse zu kommen. Am besten hatte man einen ordentlichen Staken dabei, einen Zaunpfahl oder etwas noch Dickeres, denn ein Ruder konnte in dem dichten Schilf leicht zerbrechen. Die Bauern schlugen gewöhnlich mit einer Schilfsense kleine Wege in diese andere Wasserwelt. Denn eine hier drinnen richtig platzierte Reuse versprach eine reiche Belohnung.

War man erst durch die grüne Mauer gelangt, war man in einer neuen Welt, mit neuen Freiheiten und Möglichkeiten. Enten segelten gravitätisch in den Kanälen hin und her, und Libellen schwirrten herum, diese magischen Insekten, die man fast nur an dieser Art von Stellen sieht, aber dann in desto größerer Zahl.

Hier besaß ich sie auch einmal. Auf dem Boden in dem grünen Kahn meines Vaters. Und ihr helles Kleid trug Spuren davon. Während uns der ganze Sommer geschlossen und warm umfing.

Aber darauf werde ich zurückkommen.

Ich hoffe es. Ich erinnere mich an ihre gedämpften Schreie drinnen im Schilf, nicht unähnlich denen eines Vogels. Ich glaube, bei diesem Mal entdeckte sie etwas über sich selbst.

Aber ich kann mich noch immer nicht von den Gedanken an die alten schlafenden Stämme losreißen. Die, welche auf den flachen Böden des Nadden ruhen und dem lauten Geschrei der Sägerahmen entgingen. Das war in den vierziger Jahren.

Nachts, im Traum, kann ich es tatsächlich verstehen. Hier unten liegen all die vergangenen Tage. Und all die vergangenen Jahre.

24

Der Himmel verdunkelt sich rasch

Es war das stärkste Gewitter in meinem Leben in Västmanland. Das größte und das tödlichste, eine Erinnerung an dieses große Außerhalb, das wir immerzu zu überwinden und zu vergessen suchen. Hühnergroße Hagelkörner, die größten, die man seit Menschengedenken gesehen hatte, fielen dicht, dicht, dicht. Mit einem ungeheuren Laut. Und zwar am Nachmittag direkt nach meinem Stadtbesuch.

Ich kam gerade noch rechtzeitig, um das Unwetter nach dem Besuch in der Stadt zu erleben. Vielleicht hatte ich das Fahrrad zum Bus dabei, ich kann mich nicht mehr genau erinnern.

Ich spürte, dass es sehr schwül war, ich fuhr auf dem Rad nach Hause zum Sommerhäuschen durch eine Landschaft, die sich bereits sehr verändert hatte. Nicht durch den Hagelsturm, sondern durch Frau Sorgedahl.

Der Hagelsturm war im Grunde nur eine Bestätigung für das, was ich erlebt hatte. Damals hatte ich einen sehr deutlichen Hang zum Solipsismus, in dem Sinn, dass ich gern glaubte, dass alles, was geschah, gegen mich gerichtet sei. Gegen mich und keinen anderen.

Ich erinnere mich sehr gut an die Wolke. Es war den ganzen Vormittag heiß, sehr heiß gewesen, die Art von stechender Hitze, die ich gewöhnlich mit Gewittern verbinde. Und dann, irgendwann um drei Uhr herum, war die Wolke da, riesenhaft aufgetürmt über dem westlichen Waldrand des Norra Nadden, tiefblau und mächtiger als andere Wolken.

Der Himmel ist blau, weil es dahinter eine tiefe und undurchdringliche Dunkelheit gibt. Der Planet hat Geheimnisse.

Es hatte als ein sehr schöner Tag begonnen. Daran erinnere ich mich. In dem bleichen, nebligen Oktoberlicht, in dem ich jetzt sitze, kann man sich so etwas schwer vorstellen. Kein gewöhnlicher warmer Tag. So ein ganz spezieller Tag, an dem morgens kein Lüftchen weht. Kein Grashalm bewegt sich. Die Welt liegt still und wartet. Darauf, dass etwas Besonderes geschieht.

Die Espen, ja, sogar die Espen stehen ganz still. Was sie sonst nicht einmal nachts tun.

In dieser Stille am Anfang sehr warmer Tage habe ich mich fast nie geirrt.

Die Sonne leuchtete immer heißer von einem ganz wolkenlosen Himmel. Sie wollte etwas. Es war nicht ganz leicht zu wissen, was. Die Eltern waren zum Einkaufen nach Surahammer gefahren. Es hieß, dort sei es billiger als im Hüttenwerksladen in Ramnäs. Sie kamen mit eigentümlich leeren Händen zurück. Hatten nicht richtig herausfinden können, was sie haben wollten oder was sie brauchten. Eine einsame Möwe flog über den See.

Am Tag nach dem großen Hagelschlag war ich mit dem Kahn auf dem See und ruderte hier und da in die Buchten hinein, um die ziemlich zahlreichen Fische anzuschauen, die dort lagen und bereits einen unangenehmen Geruch zu verströmen begannen. Es waren keine äußeren Schäden zu sehen. Im Grunde war schwer zu erkennen, was sie getötet haben mochte.

Ich hatte schon oft solche Expeditionen gemacht. Ich besaß, wie gesagt, einen kleinen Planktonkescher, aus der Gaze von der Kompottproduktion meiner Mutter gemacht, eine Tüte mit einem Röhrchen für Schlaftabletten am Ende. Ruderte man in ruhigem Takt und ließ den Kescher einen Meter unter der Oberfläche dahinsegeln, fand man das Röhrchen hinterher voll von Plankton: eigentümliches Leben, das wie Krabben unter der Frontallinse des alten Messingmikroskops zuckte. Ich hatte ein echtes Interesse an all diesem scheinbar – und vielleicht nicht nur scheinbar – sinnlosen Leben, das mit Flimmerhärchen und *chaetae* und Fühlern und Tentakeln zuckte und quirlte, ein und dasselbe Zappeln und Quirlen seit dem Kambrium.

Las man alte Bücher über die Evolution von Ernst Haeckel und Thomas Huxley, konnte es mitunter scheinen, als glaubten die Verfasser, dass all das auf dem Weg zu einer Art von *Höhepunkt* war. Aber war es wirklich so? Hatte die Evolution nicht schon vor ziemlich langer Zeit ihren Höhepunkt erreicht? Vielleicht im Kambrium? Als es unzählige Arten, ja, ganze Gattungen gab, die inzwischen verschwunden waren?

Wenn es so war, dass es keinen Höhepunkt gab, dann

bestand Grund zu der Annahme, dass die Biologie, die Entwicklung, dieses ganze blinde Hin- und Herpeitschen, dieses Wiegen und Flüstern, im selben Stil auch nach dem Menschen weitergehen würde. Gab es eigentlich einen Grund zu glauben, dass diese hochmütige Art etwas anderes war als eine Episode, eine kurze Explosion von Intelligenz im großen Dunkel der Natur? Eine Lichtung in einem sehr dunklen und sehr dichten Wald? Unter den unzähligen Familien von Tieren, Bandwürmern und Seegurken – angefangen mit Organismen, die so primitiv waren, dass sie nicht einmal den Platz wechseln konnten, sondern am Meeresgrund fest verankert waren, schmatzend und saugend an den Delikatessen, die das reiche Wasser in den Unterströmungen ihnen zuführen konnte, bis zu edlen Wirbeltieren wie Hirschen und den Hunden, die sie jagten – waren es eigentlich nur ein paar wenige Arten, die Intelligenz entwickelt hatten. Höhere Affen, Hunde und Menschen. Warum? Vielleicht, weil sie diese brauchten?

Aber – wie der eichhörnchenäugige Biologielehrer, Magister Edin, unermüdlich betonte: Es gab noch eine andere Gattung, die ebenfalls Intelligenz entwickelt hatte, nämlich die Mollusken. Diese großen schwarzen Tintenfische, die weit unten in den Meerestiefen lebten, hatten ungefähr dieselbe Intelligenz wie ein lebhafter und wacher Hund.

Woher Magister Edin dieses Wissen nahm, wusste ich nicht. Ich hatte keine Ahnung, ob er mit Tintenfischen verkehrte. Aber ich schrieb sicherheitshalber einen Aufsatz darüber. Und bekam eine sehr gute Note.

Aber ich muss gestehen, dass es mich keinen einzigen Schritt dem näher brachte, was mich dazu veranlasst hatte, mich für sein Thema zu interessieren; zu begreifen, was der Sinn des Ganzen sein mochte.

Im Nadden gab es keine Tintenfische. Aber es gab Pflanzen und Tiere zu erforschen. Plankton, alle Arten von Zellkolonien, ebenso primitiv wie das urzeitliche Leben in den Ozeanen. Ja, in sehr warmen Sommern sogar kleine Süßwasserquallen, sehr klein, aber trotzdem vorhanden.

Was wollte dieses ganze Leben eigentlich?

In einer abgelegenen Bucht, plätschernd im Vorjahresschilf, fand ich, zwei Tage nach dem großen Unwetter, außerdem etwas Merkwürdiges: einen menschlichen Embryo, eingeschlossen in einem Glasgefäß.

Ich empfand wahrlich nicht die geringste Lust, dieses Gefäß zu öffnen. Da der Embryo vollständig erhalten wirkte, konnte man durchaus annehmen, dass das etwas mit der eingeschlossenen Flüssigkeit zu tun hatte.

Und für einen kurzen Augenblick hatte ich den Eindruck, dass dieser Embryo, dieser Entwurf eines Wesens mit all seinen embryonalen Eigenheiten, halb Fisch und halb Mensch, noch mit Spuren von Kiemen und Extremitäten, irgendetwas mit dem großen Unwetter zu tun hatte. Aber das hatte er wohl nicht.

Aber eigentümlich war es schon, dass ich so etwas gerade an diesem Tag finden sollte.

Man konnte sich fragen: wessen Embryo? Oder: Wer war dieser Embryo? Vermutlich ein Embryo, der von einer menschlichen Mutter abstammte. Vielleicht von einer Mutter, die nichts mit diesem Kind zu tun haben wollte. Vielleicht kam das Glasgefäß aus der sonderbaren Sammlung eines alten Provinzarztes, einem Naturalienkabinett, welches das Unwetter auf geheimnisvolle Weise in Bewegung gesetzt hatte – wo steckte dieser Provinzarzt, der seine abgetriebenen Embryos sammelte? –, oder handelte es sich vielleicht doch um etwas ganz anderes?

Einen Homunculus, einen unter künstlichen Bedingungen gezüchteten Menschen, der aus der Werkstatt eines Alchimisten herausgerissen worden war?

Oder hatte es vielleicht eine ganze Armee von Homunculi gegeben, verborgen in der Mitte des Hagelsturms? Die in einem rührend misslungenen Eroberungsversuch auf die Landschaft heruntergeregnet waren?

Es mag sehr sonderbar klingen, aber auf irgendeine merkwürdige Weise hatte ich mich selbst gefunden.

Das Eigentümliche war, dass sich gerade seit dem Tag des großen Gewitters so vieles änderte.

Zuerst war es das mit der Tochter des Gießers. Als hätte es etwas mit dem Unwetter zu tun, war sie plötzlich verschwunden. Ich konnte sie nirgends finden.

Natürlich war sie irgendwo vorhanden. Es war nur so, dass ich mir nicht vorstellen konnte, dass sie mich nicht mehr treffen wollte, dass sie alle Stellen mied, von denen sie wusste, dass ich sie dort suchen würde.

Ich suchte sie auf den Wegen und auf den Pfaden. Aber es war ja ich selbst, nach dem ich hätte suchen sollen. Vielleicht ist es das, womit ich mich jetzt beschäftige.

Die Sommernummer von *Bonniers Litterära Magasin.* Ich zog sie andächtig aus dem Umschlag, und meiner Gewohnheit getreu sog ich den Geruch nach Druckerschwärze lange ein. Und landete bei den Rezensionen ganz hinten.

Das Buch hieß *17 Gedichte.* Waren siebzehn Gedichte nicht reichlich dünn? Aber Sven Lindner war offenbar der Meinung, dass es ein Buch sei, das man lesen müsse.

Kräfte über das Gewöhnliche hinaus. Hätte ich einen ebenso eigentümlichen Namen gehabt, dachte ich, würde ich vielleicht auch versuchen, ein Poet zu werden. Aber musste ein Poet einen eigentümlichen Namen haben? Es gab ja auch Paul Andersson, den mit der phantastischen »Elegie über einen verlorenen Sommer«, die ich im Heizungskeller zusammen mit den Freunden gelesen hatte. Vielleicht sollte man es doch lieber lassen, Poesie zu schreiben, lieber irgendetwas, nur etwas, das einen von der gefährlichen Poesie fernhalten konnte. Aber was war denn so gefährlich an der Poesie?

An der ganzen Idee war etwas, das mich erschreckte.

Gerade das mit dem Alphabet. Das Alphabet konnte immer tiefer in sich selbst hineingefaltet werden. Man konnte komplizierte Chiffren herstellen, indem man die Wörter in einem Gedicht zu Wörtern in einem anderen Gedicht ordnete. Und man konnte das Alphabet in sich selbst hineinfalten, nicht einmal, sondern mehrmals. Solche Abbildungen nannten die Mathematiker wohl *Involutionen.* Vielleicht waren Poeten selbst eine Art von Involutionen: Abbildungen ihrer selbst in sich selbst?

Befanden sie sich im freien Fall, in den tiefen Brunnen der Involution hinein?

Und dann gab es natürlich die noch erschreckendere Idee von der Permutation: Das waren alle denkbaren Variationen der Buchstaben eines Alphabets und des Raums zwischen den Buchstaben.

Wer diese Operation auf Papier ausführte, würde Zeit brauchen, vielleicht bedeutend mehr Zeit als die bemessene Zeit des Sonnensystems, ja, vielleicht mehr Zeit als die bemessene Zeit des Universums. Aber das Endresultat würde immer dasselbe sein: alle geschriebenen und ungeschriebenen Gedichte, alle möglichen und alle schon geschriebenen Romane und Theaterstücke. Shakespeares Hamlet und all seine möglichen Varianten. In dieser entsetzlichen, unmenschlichen, ja, man war versucht zu sagen, außermenschlichen und gottlosen Masse, war alles eingeschlossen, was wir jemals würden schreiben können.

Aber war es eigentlich notwendig, die totale Permutation niederzuschreiben? Reichte es nicht, dass es sie tatsächlich gab?

Die Literatur war ein erschreckendes Labyrinth, ein Wald, der stetig dichter wurde, je tiefer man hineintrat, und in dem man sich leicht verirren könnte, um nie wieder herauszufinden.

Und war nicht diese groteske Masse von Permutationen, dieses erschreckende Schattenspiel, ein Bild des Universums selbst, dieses großen, blinden Variationsspiels? Das Universum sei, wie Benke im Heizungskeller gern betonte, ob unendlich oder endlich, groß genug, dass alles, was logisch möglich war, auch entstehen und irgendwo vorhanden sein musste: keramische Fische, die imstande waren, in einer Atmosphäre von flüssigem Eisen zu leben, stille Geschöpfe weit draußen zwischen den Galaxien, die sich von Dunkelheit und Stille ernährten, oder sogar etwas so Sonderbares wie der Mensch: ein aufrecht gehendes Säugetier, das sich falten und sich in sich selbst hinein abbilden konnte.

25

Dufvenbergs Hund

Meine Mutter verfiel in Raserei über alles, was ihr schwante, als sie witterte, dass ich mit der Tochter des Gießers verkehrte und sogar lange Fahrradtouren mit ihr unternahm. Das duldete sie nicht.

Und wie üblich entlud sich ihre Raserei eher als in Reflexionen und Ermahnungen in einem ganzen Bündel von unbegreiflichen, düsteren Geschichten. Ich weiß noch, dass es ein ganzes Bündel war. Aber die einzige, an die ich mich erinnere, ist die Geschichte von Pastor Dufvenberg aus Ål und seinem Hund. Vielleicht, weil die anderen allzu schrecklich waren, als dass man sie hätte in Erinnerung behalten können, allzu offensichtlich unter einem novembergrauen Himmel geboren, der kein Sonnenlicht durchließ. Gerade diese, von Dufvenbergs Hund, glaube ich, mehrmals gehört zu haben. Meine Mutter wiederholte sie, erfand neue Varianten, ließ sie in alle möglichen Richtungen wachsen. Offenbar bedeutete sie etwas sehr Wichtiges für sie.

Im Lauf der Jahre hörte ich sie in mindestens zehn verschiedenen Versionen und habe mich immer gefragt, woher sie diese wohl nahm. Wie meine Mutter sie erzählte, müsste sich alles in den zwanziger Jahren im Västmanland ihrer Jugend zugetragen haben. So war es, wie wir sehen werden, keineswegs. Wir müssen eher zum Jahr 1810 und zum Tagebuch von Propst Munktell aus Sevalla zurückgehen, denn dort fand ich zu meiner Überraschung einen Pastor Dufvenberg aus Ål. Ich war ja so sicher gewesen, dass er nie existiert hatte. Vollständig sicher.

Der Verstorbene war ein Meister in der Kunst zu essen und zu trinken, zu liegen und zu schlafen und nicht das mindeste von Nutzen zu thun. Als Kaplan von Ål war er für seine Faulheit bekannt. War in der Jugend für kurze Zeit verheiratet mit einer Malmin, vermochte aber später nicht wieder zu heiraten. Über seine Trägheit und guten Tage gibt es viele Geschichten – er selbst klagte beständig über Krankheit und Machtlosigkeit. Vor einigen Jahren brannte das Hauptgebäude bei einer Feier ab, die einige Gäste ihm zu Ehren veranstalteten. Es hieß, sie hätten auf dem Speicher mit Kanonen geschossen, die das Haus in Brand setzten.

Hier können wir beginnen: Dufvenberg war ein Taugenichts.

Nachdem er das schöne, spröde Fräulein Malmin mit ihren grünen Augen und weichen dunklen Haaren – einer Art südländischer Schönheit – in ihrem ersten Kindbett verloren hatte, war es, als sei Dufvenberg wie verhext. Ein Faulpelz, ein Quartalssäufer und Plagegeist für Mägde und Knechte, verlor er bald den Kontakt zu seinem Schwiegervater, dem Hüttenwerksbesitzer Malmin in Skultuna. Malmin bedauerte, diesen indolenten, ausschweifenden und lebensuntüchtigen Schwiegersohn in seinen späten Jahren zur Last bekommen zu haben. Machte ihn verantwortlich für den Tod der Ehefrau, das heißt, seiner Tochter. Wie das zugegangen sein mag, bleibt unklar.

Die Art, wie er sein Pfarramt in der Kirche von Ål vernachlässigte, war so offensichtlich, dass es auch der in solchen Dingen ziemlich abgehärteten Bevölkerung in den landwirtschaftlichen Siedlungen des oberen Svartåtals mit ihren reichen Überschwemmungswiesen und keineswegs wertlosen Waldparzellen auffallen musste. An langen, dunklen Herbstabenden saß er, ganz still, fast apathisch am Esstisch und starrte auf eine ausgelegte Patience, in der seit dem zweiten Sonntag nach Trinitatis kaum eine Karte bewegt worden war. Seine Predigten wurden immer eigentümlicher. Nahmen Bibelworte auf, die normale Seelsorger und Pastoren nie erwähnen. Nimmt man diese anderen Worte auf, die auch in der Bibel stehen, hat es fast den Anschein, als beginne eine ganz andere Religion sich als Muster unter der wohlbekannten abzuzeichnen. Eine, die überhaupt nicht mit der gelernten übereinstimmt. Er brachte es selten über sich, die Lampe anzuzünden, wenn er da saß, mit dem Rücken zum Fenster im düsteren Esszimmer des Hauptgebäudes.

Es war offensichtlich, dass Pastor Dufvenberg an Melancholie litt. Nicht an der stillen, ruhigen Melancholie, die es manchmal braucht, um uns zu verantwortungsvollen

Menschen zu machen, die ihre Rolle im Alltag nicht übertreiben und nicht über die Stränge schlagen. Pastor Dufvenbergs Melancholie war von der heißen, der langsam glühenden Art schwarzer Galle, die eigentümliche Dinge bewirken kann. Es heißt, diese schwarze Galle habe eine solche Macht, dass sie gewisse Dämonen in unseren Körper einschleust, deren Anwesenheit und Tätigkeit den Besitzer dazu bringen können, völlig unerwartete Talente und Stärken zu entwickeln.

Genug davon.

Der Brand im Hauptgebäude hatte eigentlich nichts hiermit zu tun. Es war ein Unfall, verursacht von alten Studienkameraden, dem Leutnant Roger Sven af Kuhla, der den kurzen Weg von Salboheds Schießfeld und Übungsbahn gekommen war – wo das Kgl. Vestmanlands Regiment gerade seine Jahresversammlung abhielt –, um seinen alten Freund aufzumuntern, sowie dem Poeten und Hauslehrer Samuel Rhodin aus Uppsala und ein paar fröhlichen Zechbrüdern, die, obwohl schon in den Dreißigern oder älter, immer noch ziemlich viel Jungenhaftigkeit hatten, ja, genug, um das Hauptgebäude des Pfarrhauses in Ål in Brand zu stecken.

Überdies ging gar nicht wenig von Cederlunds Caloric drauf, mit dem die alten Freunde sich die Nachwirkungen eines sehr umfassenden Heringsfrühstücks vertrieben. All das ereignete sich an einem Samstagmorgen Anfang Oktober; von dem rasch hereinbrechenden Herbst standen da draußen überall die Bäume schon rot auf den Weiden. Wie um Gottes willen diese Herren sich auf den Speicher verirrt hatten und wie es dort eine Salutkanone geben konnte, ein kleines handliches Ding aus Gusseisen, von dem sich vielleicht ein früherer Eigentümer an seinen Geburtstagen hatte feiern lassen, ja, all das bleibt rätselhaft. Die Kanone war vielleicht dort untergebracht worden, damit sie nicht verrostete. Sicher nicht, damit das Gebäude von fahrlässigen Geburtstagsgästen niedergebrannt werden sollte.

Aber man darf wohl annehmen, dass es der Leutnant war, der mit seiner offenbaren militärischen Sachkenntnis die Kanone lud und abfeuerte. Wo fand er das Pulver? Oder hatte er es dabei? In einer Tüte von Salbohed? Eine Tüte mit Schwarzpulver in der Uniformtasche?

Herbeieilende Einwohner von Ål hatten natürlich nicht die geringste Chance, diesen Brand zu löschen: die Wege zum Hofbrunnen und zum Fluss waren zu weit. Und vielleicht gab es sogar den einen oder anderen, dem das alles ganz recht war? Vielleicht hoffte man, den Geruch von verbranntem Pastorenfleisch von da drinnen wahrzunehmen, als der Dachstuhl schließlich nachgab und das glühende Dach – in einem Funkenfeuerwerk – auf das Pfarrhaus von Ål herabfiel?

Man fand keinen Pastor Dufvenberg. Aber man kann auch nicht behaupten, dass man sich in dieser Angelegenheit besonders bemüht hätte.

Dufvenberg saß, zusammengekauert und zitternd wie eine halb ertränkte Katze, in der schon seit Jahrzehnten verlassenen Schreinerwerkstatt des einen Flügels. Wo die Freunde geblieben waren, war nicht in Erfahrung zu bringen. Vielleicht waren sie umgekommen, oder sie hatten es verstanden, sich rechtzeitig aus dem Staub zu machen.

Er selbst war anscheinend mit einem kräftig gestauchten und geschwollenen Handgelenk davongekommen. Er hatte noch nicht einmal eine Brandverletzung. Doch die Ascheflocken verschwanden nur langsam aus seinen Haaren. Während der nächsten drei Wochen wohnte Pastor Dufvenberg in der Schreinerwerkstatt des Pfarrhauses von Ål. Vom Hauptgebäude war im großen und ganzen nur ein Ruinenhaufen übrig geblieben. Von seinen persönlichen Besitztümern hatte der arme Pastor nur seine Nickeluhr und einen Billardstock retten können. Letzteren musste er oben im Speicher gefunden haben.

Er richtete sich ein Bett aus alten Säcken – es gab Mengen von Säcken im Schuppen nebenan, aber einige davon waren unbrauchbar, weil sie mit Mäusekot durchtränkt waren –, und zitternd vor Kälte in dem frühen Herbst lag er lange wach und dachte an alles, was hier in der Welt verloren gegangen war.

Er hatte erwartet, dass man ihn ziemlich bald finden würde, vielleicht sogar mit Hilfe des Landpolizeikommissars oder des Landjägers. Aber nichts dergleichen geschah. Nach Einbruch der Dunkelheit schlich sich Dufvenberg hinaus, von Hunger getrieben, aber auch von dem ganz trivialen Drang, ein einigermaßen brauchbares Plumpsklo zu finden, und es gelang ihm, hier in eine unverschlossene und momentan leere Bauernküche und dort in eine Kate einzudringen, um sich aus bescheidenen Speisekammern und Kartoffelkisten zu holen, was er brauchte.

Die Erdkeller waren auch nicht zu verachten, aber schwer zu öffnen.

Er staunte darüber, als er das Feierabendgeläut und das Versammlungsgeläut für den Hauptgottesdienst am Sonntagmorgen wie üblich hörte. Hatte der Propst Selin es geschafft, so schnell einen Ersatzmann zu beschaffen? Vielleicht den Diakon von Väster Våla? Oder möglicherweise den Kaplan von Virsbo? Aber wer kümmerte sich in diesem Fall um deren Feiertagsgebete und Hauptgottesdienste? Das Ganze erschien – gelinde gesagt – schwer verständlich.

Vermisste man ihn überhaupt nicht? War dieser Pastor Dufvenberg in allen Stücken vollständig ersetzbar?

Natürlich entging es den Leuten von Ål und den benachbarten Dörfern Sör Åhl und Västål (die wirklich auf zwei verschiedene Arten buchstabiert werden sollen) und Åhlsvarta nicht, dass Eier aus Hühnerställen und Kartoffeln aus Erdkellern verschwanden.

Aber eine richtige Erklärung fand man nicht, bis Eckermann, der Kätner, der in Åhlsvarta ganz nah am Waldrand wohnte, auf die Sache mit dem Hund kam.

Auf dem Weg zu seinem Plumpsklo hatte er etwas Sonderbares gesehen.

Ein schwarzer Hund, groß wie ein kräftiges Stierkalb, eher einem Wolf oder Luchs ähnlich als einem gewöhnlichen Stöberhund oder Hirtenhund, war mit einem Sack im Maul aus Eckermanns eben erst so sorgfältig mit dem Haken verschlossenen Hühnerstall gekommen. Der Hund war in den Wald hinein verschwunden, lautlos und schnell. Und Eckermann musste sich, schweißbedeckt und bleich, auf die Hofbank setzen, um sich zu vergewissern, ob er wachte oder träumte.

Die eigentümlichen Gerüchte, die sich über dieses schwarze Monster und sein Treiben verbreiteten, führten möglicherweise dazu, dass es viel länger dauerte, als es sonst gedauert hätte, bis die Leute von Ål, Sör Åhl und Åhlsvarta entdeckten, dass Pastor Dufvenberg tatsächlich noch am Leben war. Alles, was verschwand, wurde diesem seltsamen Wolfshund zugeschrieben. Und der Gedanke, dass beides, Pastor Dufvenbergs Verschwinden und das Auftauchen des Hundes, etwas miteinander zu tun haben könnte, fiel keinem vernünftigen Mensch ein.

Natürlich gab es überhaupt keinen schwarzen Hund.

Genau drei Wochen nach der Feuersbrunst fuhren in zwei geräumigen Dienstwagen der Marke Vauxhall der Kircheninspektor von Västerås, der Superintendent Huldelin aus Sala und der Polizeipräsident Raab aus Uppsala vor, gefolgt von einer unbestimmten Anzahl gleich gekleideter Herren, die allem Anschein nach Detektive waren. Die Herren des Stifts hatten zu diesem Zeitpunkt die anschwellende Flut von Gerüchten satt, die offenbar aus achtbaren Presseorganen wie *Sala Allehanda* und *Fagerstaposten* heraussickerten, und hatten beschlossen, sich Klarheit darüber zu verschaffen, was sich in Åhl eigentlich abspielte.

Dass das Hauptgebäude des Pfarrhauses abgebrannt war und sich in einem Zustand befand, in dem niemand auf eine Renovierung hoffen konnte, war klar. Aber lag tatsächlich ein Pastor in den Ruinen? Oder – ein solcher Gedanke war den Herren nach diesem und jenem, was in den letzten Jahren geschehen war, nicht fremd – hatte der Pastor möglicherweise das Pfarrhaus niedergebrannt, um dies oder jenes zu vertuschen, wozu er guten Grund hatte?

Mordbrand ist ein schweres Verbrechen. Ein schweres Verbrechen erfordert eine ernsthafte Untersuchung. Aber wo in Gottes Namen sollte diese Untersuchung anfangen? Düster kehrten die Herren zu den Autos zurück. Es lag schon Frost in der Luft, und sie setzten sich in die Wagen, teils, um sich die Füße zu wärmen, was durch die mitgebrachte Kognaktaschenflasche von Wachtmeister Raab ein wenig erleichtert wurde, und teils, um darüber nachzudenken, wie die weitere Untersuchung geführt werden sollte.

Die Diskussion wogte hin und her. Es war ja offenkundig, dass es in der beginnenden Herbstdunkelheit – selbst wenn es gelang, willige Tagelöhner aufzutreiben – unmöglich auszumachen war, ob ein stark massakrierter, vielleicht auch kremierter Pastor Dufvenberg irgendwo unter dem eingestürzten Dach des Hauptgebäudes lag.

War es wirklich ratsam, aus dem Blickwinkel des Staates – damals sagte man noch Staat und nicht Gesellschaft, es war eine weniger verlogene Zeit als jene, die darauf folgte – also aus dem Blickwinkel des Staates und der Moral und vor allem der Kirche, Mühen und Tagewerke und vielleicht auch bares Geld auf etwas zu verwenden, das zu nichts anderem führen konnte als der Entdeckung, dass Pastor Dufvenberg tatsächlich das Irdische verlassen hatte, für das er so wenig geeignet war?

Pastor Dufvenberg, der jetzt in einen Erdkeller bei einer Kate auf halbem Weg zu den Dörfern Hörendesjön und Nyhyttan umgezogen war, hörte vielleicht, wie sich die Dienstwagen von Sör Åhl entfernten und Kurs auf das Wirtshaus in Sevalla nahmen. Sie hatten eingesehen, dass die Untersuchung – wenn es überhaupt eine solche geben würde – nicht im Eiltempo durchgeführt werden konnte. Es war ja eine sehr windstille Nacht. Oder vielleicht hörte er sie auch nicht.

Was er, und auch ein Teil der Nachbarn in fernen Höfen und Katen hingegen hören konnten, war eine Art von langgezogenem Jaulen, nicht richtig Hund und auch nicht Wolf, das in diesem Winter zu einer erschreckenden Botschaft aus dem Waldesdunkel werden sollte.

Dies, sagte meine Mutter, sei natürlich nicht die einzige Version der Geschichte von Pastor Dufvenberg. Nach und nach hätte er entdeckt, dass er bekommen konnte, was er wollte.

Wie das zuging? Ja, das ist eine andere merkwürdige Geschichte.

Es gab alte Anwohner, Åhlbewohner, könnte man sagen, die ernstlich erwogen, in diesem Herbst nach Färnebo und in andere dichter besiedelte Gebiete mit besserer Beleuchtung zu ziehen. Mutige Jäger begaben sich hinaus, am liebsten in Gruppen, um nach diesem seltsamen

Hund zu suchen. Muss ich erzählen, fuhr meine Mutter fort, dass sie nichts fanden? Absolut nichts.

Das einzige, was geschah, und das ist vielleicht doch erwähnenswert, war, dass die Hunde, die Hunde dieser Jäger, eigentümlich ängstlich wurden. Sie zitterten und klagten, einige von ihnen waren überhaupt nicht mehr in den Wald zu bekommen. Sie legten sich einfach hin, wenn man es versuchte. Es konnte so scheinen, als wäre ihnen etwas begegnet, dem sie nie wieder zu begegnen wagten. Und davon konnten oder wollten sie nichts erzählen.

Das, sagte meine Mutter, sei natürlich nicht die ganze Geschichte. Von Pastor Dufvenberg. Ganz und gar nicht. Aber ein kleines Stück davon war es.

26

Die Blinde

Ich bin nicht hier
Es gibt mich nicht
Ich bin tot
Es hat mich hier nie gegeben
sagte ich manchmal zu mir selbst.

Es war wohl eine Art zu beweisen, dass alle Menschen unsterblich sind. So nämlich: Sie können nie außerhalb ihres Lebens gelangen. Da ist nichts. Für andere können sie als Tote erscheinen, aber nicht für sich selbst. Sie sind, könnte man sagen, in die Blase ihres eigenen Lebens eingeschlossen, und diese Blase kann sich erweitern, aber sie kann niemals platzen.

Es war eine Art Spiel. Ein philosophisches Spiel. Spiele können ziemlich ernst sein. Wenn es sich so ergibt.

Was diese Behauptungen verbindet, ist, dass sie unmöglich wahr sein können. Aber was bedeutet hier »unmöglich«? Wohl kaum, dass sie einen Widerspruch in sich darstellen.

Es ist einfach so, dass ich, wären dieses Sätze wahr, und sie könnten es durchaus sein, nicht da wäre, um sie in meiner Sprache zu formulieren.

Wenn ich sie äußere, habe ich mich schon verraten. Ihr ahnt, dass ich hier bin. Und das war es ja, was ich verhindern wollte.

Wir nehmen an, gerade weil es absurd ist, dass ich nicht existiert habe.

Ja, sie kam zurück. Aber allein und irgendwie verwirrt.

Ich hätte sie so gern verstanden! Ich weiß nicht, was mit ihr geschehen war. Und ich habe es nie erfahren.

Frau Sorgedahls Augen waren, seit sie zurückgekommen war, wie blind. Sie sah mich jedes Mal, wenn ich zu Besuch kam, freundlich und zerstreut an, wollte mich aber trotzdem nicht sehen. Sie war höflich, fast allzu höflich, sie machte keine Andeutung, dass sie auch ohne mich zurechtkäme. Und es gab auch nichts, was darauf hinwies, dass sie mich brauchte.

Ich hatte es mir zur Gewohnheit gemacht, sie zu besuchen, manchmal zweimal pro Woche, um ihr verschiedene kleine Dienste zu erweisen – wie die Blumen zu gießen oder das Geschirr abzutrocknen –, und sie nahm sie mit mechanischer Ruhe an. Sah mich aber nicht.

Wenn ich mit ihr sprach, antwortete sie.

Aber es war keine von den Antworten, die ich haben wollte. Sie sah mich ganz einfach nicht.

Ich probierte Auswege. Ich machte Bemerkungen wie: »Ich bin nicht hier. Ich bin nie hier gewesen. Der, welcher hier ist, ist ein anderer, das bin nicht ich.«

Sie hörte zu, wie man einem interessanten Scherz zuhört. Aber mehr war es nicht. Sie war da. Und sie war nicht da.

27

Das Ende der Erzählung von Dufvenbergs Hund

Wollt ihr das Ende hören?

Wirklich?

Seid ihr euch ganz sicher? Ich wäre nicht so sicher, wenn ich an eurer Stelle wäre.

Ein sehr geiziger und unangenehmer Bauer, Skallen von Gryta, der Typ, der willig seine Enkel an den Höchstbietenden verkaufen würde, wenn er dadurch sein Bankkonto bereichern könnte, begann, ein Auge auf die Brandruine der Pfarrhauses von Ål zu werfen. Ein erhebender Anblick war das freilich nicht. Alles war niedergebrannt. Aber dafür gab es Holzkohle, ganz gratis in dem natürlichen Meiler verkohlt, in den sich das alte Holzgebäude durch den Einsturz des Dachs verwandelt hatte.

Warum sich nicht dieser Gottesgabe annehmen und sie zum Hüttenwerk von Engelsberg bringen? Gesagt, getan. Eines Tages, nicht lange vor Weihnachten, erscheint Skallen mit einem Pferdewagen und Schaufeln und Knechten, die helfen sollen, die Jutesäcke aufzuhalten. Sie fangen an, ein paar verkohlte Balken anzuheben und durch die Ascheschichten zu dem Holz durchzudringen, das dort gelegen hat und verkohlt ist, als wäre es in einem Meiler eingeschlossen gewesen. Kohle gibt es da, erstklassige Holzkohle aus Kernholz, das unter das eingestürzte Dach geraten ist und, vom Sauerstoff der Luft isoliert, dort geschwelt hat.

Während Skallen und sein außergewöhnlich hässlicher Knecht dastehen und die nasse, ekelhafte Asche schöpfen und schöpfen, steht plötzlich Dufvenberg direkt hinter ihnen und sieht sie mit einer ganz furchtlosen, eher nachdenklichen als erschrockenen Miene an.

Weiß er nicht, dass er wegen Mordbrand gesucht wird? Seine Kleidung ist sehr eigentümlich: Sie scheint aus zusammengehefteten alten Jutesäcken zu bestehen. Sein Bart ist lang und ganz weiß geworden, soweit man das in der einbrechenden Dunkelheit erkennen kann.

Man weiß nicht so recht, wie es zuging, aber irgendwie scheint es zu einem Streit gekommen zu sein. Harte Worte, unversöhnliche Worte sind zwischen Skallen und dem gewöhnlich so schüchternen und blässlichen Pastor Dufvenberg gefallen. Es hat den Anschein, dass er sein zusammengestürztes Pfarrhaus verteidigen wollte, ob im Interesse der Kirche oder seinem eigenen, ist nicht ganz leicht zu sagen. Vielleicht ging es um etwas, was Skallen in der Asche und dem Ziegelgrus gefunden hatte. Auch das weiß man nicht.

Dufvenberg ging davon, mit geballten Fäusten und bleich unter der Lehmschicht seines seit langem nicht mehr gewaschenen Gesichts. Man kann sich fragen, was er dachte.

Ein Mann der Tat war er ja nicht. Aber Skallen und seine Knechte verschwanden. Sie wurden vermisst und an allen nur denkbaren Stellen gesucht. Erst im nächsten Frühjahr fand man sie unter der Südwand, die nach dem Brand aufrecht stehen geblieben war, aber anscheinend unter dem allzu energischen Einsatz von Brechstangen und Hacken zusammengestürzt war.

Zufälle? Möglicherweise?

Und was war mit dem Landpolizeikommissar, der schließlich aufbrach, um Dufvenberg festzunehmen und ihn in eine geeignete öffentliche Institution abzuführen, nachdem schließlich klar geworden war, dass dieser übergeschnappte Pastor in der ganzen Gegend herumstrich, gefolgt von seinem riesigen schwarzen Hund, und allerlei Unfug anstellte, dieser Landpolizeikommissar, den man dort, wo die Straße über eine alte Steinbrücke über den Snytbäcken führt, so tragisch ertrunken fand, wo sein Motorrad mit Beiwagen offenbar mit viel zu hoher Geschwindigkeit gefahren war – als wäre er von jemand oder etwas gejagt worden – der Tod dieses Landpolizeikommissars … war das wirklich auch ein Zufall?

Dergleichen erzählte meine Mutter, während die Dämmerung hereinbrach. Und ich? Ich konnte nicht endlos zuhören. Diese Erzählungen dauerten wirklich oft viel zu lang. Ich musste Lateinaufgaben machen. Nachdem ich mich ein halbes Schuljahr lang durch den Tacitus geschummelt hatte, begann ich sogar die Geduld des unendlich sanftmütigen Lehrers Reinhold Strömberg auf die Probe zu stellen. Diese Erzählungen waren nichts Besonderes. Sie waren bei uns zu Hause geläufig.

Aber muss nicht der Brand von Åls Pfarrhaus, wenn wir uns an die Aufzeichnungen des Propstes Muncktell halten, um 1810 herum geschehen sein? Hier aber hören wir von Autos und allerlei Modernitäten, und meine Mutter behauptete mit Bestimmtheit, Dufvenberg in seiner glücklicheren Zeit gesehen zu haben, einen schlanken und schönen Mann mit dunklen Locken, die sich über seine Stirn ringelten. Zu erforschen, wie das zusammenhängt, nehme ich hier nicht auf mich.

Wie kann man, auf eine vernünftige Art, ausdrücken, was mit Dufvenberg geschah?

Meine Mutter erwähnte einen eigentümlichen Hund.

Ist es wirklich ein Hund, von dem wir sprechen?

Viele Jahre lang hatte ein Kollege hier in Oxford, Dr. Alois Hahn, eine schwarze Krähe, die gegen sein Schlafzimmerfenster in All Souls stieß. Sie kam jeden Morgen um Punkt sieben und weckte ihn, indem sie mit harten, energischen Flügelschlägen gegen die Fensterscheibe flatterte.

War es wirklich eine Krähe?

Ist wirklich alles, worauf wir stoßen, das, wofür wir es halten?

Ganz objektiv gesehen scheint es, als sei der Pastor da draußen bei seinen einsamen Wanderungen auf der Suche nach Fallobst in den Gärten der abgelegenen Katen, nach trockenem Holz und essbaren Pilzen auf jemanden, eine Art – sollen wir es vielleicht »Hilfskraft« nennen – gestoßen? Hat er vielleicht auch weniger essbare Pilze verzehrt? Die Frage ist, was er gefunden hat.

Natürlich war Dufvenberg ein bisschen wunderlich geworden, nach dem, was er durchgemacht hatte. Wer wäre das nicht geworden? Aber für einen Pastor der Schwedischen Kirche dürfte es doch ein wenig ungewöhnlich sein, zum Polytheisten zu werden.

Aber wenn man das wird, gibt es natürlich interessante neue Entdeckungen zu machen; ohne Zweifel.

Das erste, was geschieht, ist natürlich, dass der Teufel verschwindet. Gibt es nicht einen Gott, sondern viele, gibt es auch keinen natürlichen Widersacher dieses einen Gottes. Das zweite, was geschieht – und das ist genauso natürlich –, ist, dass der Atheismus verschwindet, diese Bedrohung, die immer über einem normal begabten lutherischen Pastor hängt, der Atheismus – der nicht nur deshalb bedrohlich ist, weil er einen Geistlichen der Schwedischen Kirche seine Stellung kosten kann, sondern, schlimmer noch, weil er uns einer vollständig sinnlosen und leeren Welt aussetzt, völlig beherrscht von mechanischen Gesetzen und einer offenbar durch und durch absichtslosen und schmerzhaften biologischen Evolution – dieser triste Atheismus wird jetzt rasch durch eine beseelte, reiche Welt ersetzt. Jeder Windhauch, jede kleine unerwartete Bewegung im Laubwerk kann die Erwartung auslösen, einen wohlwollenden oder bösartigen kleinen Willen zu bergen, der sich in dessen Mitte versteckt und versucht, die ungeteilte Aufmerksamkeit des Menschen auf sich zu lenken. Was für einen polytheistischen Gott natürlich völlig unmöglich ist.

Ein polytheistischer Gott muss sich im Gegenteil anstrengen, um sich dem Menschen überhaupt in Erinnerung zu bringen. Es gibt ja so viele davon. Im ständigen Wettstreit miteinander. Und denkt nur an die zurückgelassenen Götter aussterbender Völker! Kann man nicht draußen in fernen Wäldern und Wüstenbergen hören, wie verlassene Götter, gleich düsteren Wirbelwinden, nach ihren verlorenen Herren und Anbetern suchen? Wenn jemand diesen verlassenen Göttern, den Göttern der Samojeden, der Apachen, auch nur eine Spur von Interesse schenken würde, würden sich diese seit Jahrtausenden beschäftigungslosen Mächte, halb Götter, halb Dämonen, nicht um denjenigen versammeln wie Fliegen in und um eine tote Kuh, die in einem Moor ertrunken ist und deren langsam anschwellender Bauch die tiefsten und seltsamsten Töne hervorbringt, nicht unähnlich dem Chalumeauregister der Bassklarinette?

Wie es eigentlich zuging, ist nicht ganz leicht zu sagen, aber auf die eine oder andere Art gelang es Dufvenberg, einem Mann, dem das Widersinnige stets glückte und der am Selbstverständlichen und scheinbar Leichten scheiterte, einen von diesen unzähligen Arbeitslosen für sich nützlich zu machen. Diesen kleinen Gott, Geist oder Dämon davon zu überzeugen, dass er endlich einen neuen Herrn bekommen hatte, dem er dienen konnte. Denn was wären die kleineren Götter ohne jene, die sich an sie wenden?

Es muss im Grunde einfach sein, eine solche Vereinbarung mit einem geeigneten Diener zu treffen.

Ich bin geneigt zu glauben, dass es etwas in dieser Art war, was Pastor Axel Dufvenberg widerfuhr. In Ål.

28

Die Münzen, die nur eine Seite haben

Der erste richtige Herbsttag im Jahr 2005. Jetzt treiben die Blätter da draußen im Park von Magdalen, und es liegt der Rauch von vielen Gärten in der Luft. An einem solchen Tag kann ich anfangen, über die unterschiedlichen Zeiten nachzudenken, die sich hier in meiner Erzählung verstecken.

Pastor Dufvenberg muss das Pfarrhaus von Ål irgendwann um die Schlacht von Leipzig herum niedergebrannt haben – also ungefähr als Hegel an der *Phänomenologie des Geistes* arbeitete. Wie viele Jahre diese lokale Erzählung brauchte, um im Pfarrhaus von Haraker und in der verwirrten Seele meiner Mutter anzukommen, ist schwer einzuschätzen. Es geht um ein paar Kilometer pro Jahrhundert! Da ist die Zeit meiner Mutter, dunkle zwanziger Jahre, als sie noch eine junge Frau war, ohne Mann und ohne Kind, einer der unbekannten Planeten um eine seltsame Sonne herum – mein Gott, ich habe keine Ahnung, wovon ich rede, hier beginnt das große totale Unwissen – in dieser Zeit gibt es also diese junge Frau, und sie merkt sich die Erzählungen, denen sie lauscht.

Da sind meine Zeiten, von den ersten Kindheitserinnerungen an blaue Stühle, gelbe Teppiche, Zigarettenrauch und den nasalen Radiosender *Stockholm-Motala* bis hin zu diesem Spätherbsttag im Magdalen College, wo die Hirsche sich unruhig im Park hin und her bewegen. Und dann das größte Mysterium von allem: die Zeit des Lesers. Es kann – sagen wir das Jahr 2040 sein, das Jahr, in dem China die größte wirtschaftliche Macht der Welt sein wird, es kann das Jahr 2080 sein, wenn die letzten Automobile in einem Wäldchen in einer entlegenen Gegend verrosten. Diese Zeit des Lesers kann eine Zeit sein, die mir ebenso fremd ist wie das rumänische 9. Jahrhundert oder das samojedische 13. Jahrhundert.

Ich bin verloren! Ich habe mich in einem Wald aus Zeit verirrt! Ich bin eine Rosine, die in einer Falte einer sechzehn Mal gefalteten Tüte übrig geblieben ist.

Zeit!

Also: plötzlich, mitten in der Unruhe, Trauer und Ekstase dieses Sommers hatte ich einen Riss entdeckt, der in mich selbst hineinzuführen schien. Es geschah während dieser unendlich leeren Stunden in der Schule, die meine Jugend waren und eigentlich nichts anderes als ein Warten – das Warten darauf, dass das Ticken der Uhr ihren Rhythmus ändern würde, dass die Glocke läuten, ja dass die Welt es auf die eine oder andere Weise schaffen würde, eine Art von Veränderung zu bewirken, sei sie auch noch so gering –, und die Zukunft lag, wo sie lag, irgendwo weit draußen im Unbestimmten. Ein Riss war es. Aber wohin?

Was ist natürlicher als zu denken, was liegt näher als zu glauben, dass ich auf die gleiche Art in den anderen bin wie in mir selbst? Aber so muss es nicht sein. Nach und nach, während die großen warmen Tage vergingen und alle gleich leer blieben, wurde es klar, dass die Tochter des Gießers begonnen hatte, mich zu meiden. Sie tauchte nicht mehr an den üblichen Stellen auf.

Zu den Zeiten, wenn ich zum Briefkasten kam, war sie nie da. Erst dachte ich, es sei wohl ein Zufall.

Aber das war überaus unwahrscheinlich. Unsere Sommerhäuser lagen ja höchstens fünfhundert, vielleicht nur zweihundert Meter voneinander entfernt. Wir benutzten denselben Weg, gingen zu denselben Briefkästen; wollte man sich auf eine andere Art von Norrheden entfernen, musste man das Fahrrad mitnehmen, es an der Sandgrube vorbei über die Bahngleise zur großen Straße schieben. Zu ihr nach Hause gehen und fragen? O nein! Ich nicht. Keiner meiner Freunde hätte so etwas gemacht.

Telefon? Natürlich! Eine glänzende Idee! Das nächste Telefon befand sich acht Kilometer weit entfernt in Uno Hedlunds Fahrradwerkstatt unten am Bahnhof. Und wo hätte ich anrufen sollen? Die Kommunikationen sahen damals etwas anders aus, auf dem Land, in den 1950er Jahren.

Ich ertappte mich dabei, unsinnig viel Zeit da oben am Zaun mit dem Blick auf die Briefkästen zu verbringen, in der Hoffnung, sie würde vorbeikommen. Es war nicht leicht, Vorwände zu finden, und so begann ich zur Freude meiner Eltern, den Zaun zu streichen. Rote Falufarbe gab es reichlich im Keller.

Alle möglichen Menschen kamen da vorbei. Aber nicht die Tochter des Gießers.

Ich habe lange darüber nachgedacht, warum sie mir auswich. Schließlich sah ich ein, dass es nichts gab, was sie gegen mich haben konnte. Überhaupt nichts.

Zu Anfang glaubte ich, ich hätte etwas gesagt oder getan, was sie verletzt hatte. Dass sie eine zufällige Stimmung, einen Tonfall, einen Augenblick von merkbarem Desinteresse als Ablehnung verstanden hatte. Aber warum gerade dies?

Könnte der Gießer sich eingemischt haben? Es war ja klar, dass es uns verboten war, uns zu treffen, von Anfang an und mit einer gewissen Selbstverständlichkeit, und vielleicht hatte er angefangen, mit seinen etwas gröberen Drohungen ernst zu machen. Aber war es möglich, dass er sie in einer Weise eingesperrt hatte, dass sie mir nicht einmal eine Botschaft schicken konnte?

Ich tat etwas, was vielleicht unklug war. Ich verzichtete darauf, an ihrem Haus vorbeizugehen, ich beendete das Streichen des Zauns so schnell ich konnte, ich mied die Briefkästen. Ich wollte um jeden Preis vermeiden, mich *interessiert* zu zeigen, da ich überzeugt war, auf diese Weise genau die Leere zu erzeugen, das Vakuum, das sie zu mir ziehen würde.

Das war wohl ein Fehler, aber worin dieser Fehler lag, habe ich nie richtig verstanden.

Nach zwölf Tagen des hartnäckigen Wartens auf ein Lebenszeichen von der anderen Seite des Weges entschied ich mich für einen Spaziergang bis zum Badeplatz. Es wäre ja denkbar, dass ich ihr begegnen könnte.

Aber nein. Sie waren nach Hause gefahren. Die ganze Familie. Sogar die Fensterläden waren geschlossen.

Zurück in der Stadt, tief drinnen in dem gelben Monat September sah ich sie wieder. Ich bin mir ganz sicher, dass sie es war, die ich sah. Aber ich kann mich natürlich getäuscht haben. Sie kam den Oxbacken herunter, als Beifahrerin in einem großen Amischlitten, einem Auto der allerschlimmsten, verchromten Sorte, und gefahren von einem Typen, den ich nur flüchtig erkennen konnte, so ein richtiger Pomadentyp.

Eigentlich brauchte ich überhaupt keine Zeit, um über die Sache hinwegzukommen. Das lag daran, dass es nichts mehr gab, worüber ich hätte hinwegkommen müssen.

Ob ihr mir glaubt oder nicht, aber in diesem ganzen heißen Sommer mit der Tochter des Gießers und mit all diesen Treffen, heißen raschen Liebesakten in Kiesgruben und auf trockenen Waldhängen über Wegbiegungen, diesen Treffen in Heuschobern – ein Sommer, der mich viel über das Genießen lehrte, über das aktive und passive Genießen und Verstummen, über die sanfte, aber doch tiefe Tortur des Geschlechtslebens – war es eine andere, man könnte sagen, etwas anderes, welches das Wichtige war.

Ingela, die eigensinnige Tochter des Gießers, mit ihren plötzlichen Einfällen, ihrem harten kleinen Lachen, ihrem abrupten Schweigen …

Aber alles kann ich nicht erzählen. Jedenfalls nicht

hier, in einem Kollegheft voller Notizen über Anaxagoras.

Doch eigentlich passt es ja hervorragend: Anaxagoras sagt, alle Dinge in der Welt seien eine *kresis*, eine Mischung. Alles ist in allem vorhanden. Zucker im Salz, Schmerz im Genuss und Genuss im Schmerz.

Man stelle sich vor, dass es die Freiheit war, über die wir damals diskutierten. Damals lasen wir ja Sartre. Im Schatten des Kalten Krieges. Ihn, der sagte, die Existenz werde ohne Gebrauchsanweisung geliefert.

Es gibt so viele Arten von Determinismus. Wie ich bei meinen Studenten der griechischen Philosophie immer wieder betone, ist es gar nicht so, dass König Ödipus dazu bestimmt ist, seinen Vater zu töten und seine Mutter zu ehelichen. Nicht auf diese Weise, wie ein Projektil durch seine Ausgangswerte bestimmt ist. Ganz und gar nicht. Ödipus wählt jeden einzelnen der Schritte, die ihn in die Katastrophe führen. Er muss den alten Mann nicht töten. Er muss nicht dessen Witwe ehelichen. Bei den Griechen wählt man sein Schicksal selbst. Der freie Wille ist sozusagen in das Schicksal eingebaut.

Wenn wir nicht von unseren Fahrradsitzen aus über die Freiheit des Willens diskutieren, sprechen wir oft über das Leben nach diesem.

Söndertoft glaubt an die Auferstehung, was daher kommt, dass er in Leiden studiert hat und ein christlicher Sozialist ist. Als Existentialist kann man ja genau genommen selber entscheiden, woran man glauben will. Gilt das auch für den Existentialismus selbst?

Ich versuchte Söndertoft klarzumachen, wie dankbar wir dafür sein müssen, dass wir sterblich sind. Kann man sich ein schrecklicheres Schicksal vorstellen, als weiter und weiter zu leben? Ob in der Hölle oder im Paradies, spielt keine Rolle. Über eine unendliche Zeit hinweg konvergieren sie als mathematische Reihe von Brüchen. Und werden einander ununterscheidbar gleich.

Die unendliche Summe der Hölle, dividiert durch die unendliche Summe des Paradieses, ist gleich null.

Sagte ich zu Söndertoft. Der ziemlich mürrisch etwas erwiderte, was ich vergessen habe – über die komplexe Ebene. Dieser hervorragende junge Mathematiker wurde später Propst auf Seeland.

Ist der Wille wirklich frei?

In Abingdon pflegten wir unter den Bäumen eine halbe Maß Bier zu trinken. Und dann weiter den Fluss entlangzufahren, wenn das Wetter schön war.

Oxford war damals gut für mich. Ich hatte das Gefühl, an einem Ort zu sein, an dem es einem endlich erlaubt war, man selbst zu sein. Innerhalb gewisser Grenzen, versteht sich. Meine Freundin Maude, ein großes, rothaariges Mädchen aus Saint Margarets Hall, die ich im Zug nach London kennengelernt hatte, mochte es nicht, dass ich mir bei ihr Freiheiten herausnahm. Sie war sehr streng erzogen.

Und trotzdem nahm ich mir Freiheiten heraus.

Aber, sagte ich, natürlich gibt es einen Sinn, in dem wir tatsächlich unsterblich sind. Welchen? Fragte Söndertoft. Dass wir niemals aus unseren Leben heraustreten und uns im Tod aufhalten können. Wir sind eingeschlossen, jeder von uns, in eine rasch sich ausdehnende Sphäre, die keine Außenseite, sondern nur eine Innenseite hat.

Warum sollte das nicht möglich sein? In der Topologie ist das meiste möglich. Bei Borges gibt es einen Wikingerkönig, der ein paar seltene Münzen besitzt, die nur eine Seite haben. Also zweidimensionale Münzen. Wenn man eine solche Münze umdreht, die auf einem Tisch liegt, verschwindet sie.

Aber du kannst sie nicht umdrehen, wenn sie zweidimensional ist.

Nein. Genau. Du kannst sie nicht umdrehen.

Jetzt hast du verstanden, warum wir unsterblich sind. Nichts kann uns je von hier hinausführen. Verstehst du? Absolut nichts. Dies ist die einzige Welt, die wir haben, und hier sind wir für immer.

29

Ehe die Tore sich schließen

Natürlich geschah es. Natürlich ist es geschehen.

Der alte Gibbs hatte Recht: Die Zeit hat mehrere Dimensionen. Es gibt eine, in der es wirklich geschehen ist. Und eine andere, in der es nicht geschehen ist. Was ist daran so merkwürdig?

Ich kann nur sagen: Zweifelt ihr, so täuscht ihr euch.

Es war gar nicht im August. Das glaubt ihr nur. Es war im April.

Es geschah an einem Abend gegen Ende April. Frau Sorgedahl öffnete mir ihre schönen weißen Arme und nahm mich entgegen. Wir wussten ja, dass es geschehen würde. Wir wussten, dass es geschehen musste.

Was wir nicht wussten, war, wann es geschehen würde. Aber an diesem Nachmittag wusste ich, dass es geschehen würde.

Es war ein friedlicher Sonntagnachmittag, und ich saß daheim am Küchentisch und las die Zeitschrift *Prisma*, von der ich beim Bücherausverkauf des Jahres sechs Exemplare gekauft hatte, als das Telefon klingelte. Es war – zu meiner Überraschung – Frau Sorgedahl.

Ihre Stimme klang am Telefon sehr ausgelassen.

Draußen tropfte es von den Bäumen. Die Knospen der Birken waren noch ganz klein. Es war der Anfang dessen, was einer der wärmsten Sommer des Jahrhunderts werden sollte.

Sie wollte mich zu einem Konzert im Saal des Gymnasiums einladen, wo solche Konzerte damals üblicherweise stattfanden. Die Musikalische Gesellschaft würde Brahms spielen (die Vierte mit der großen Passacaglia), und da Ingenieur Sorgedahl nicht mitkommen konnte (sie sagte nicht warum, und ich hatte auch kein Bedürfnis, es zu erfahren, aber ich nahm an, dass er verreist war, und hatte auch kein Bedürfnis zu erfahren, wohin in aller Welt er sich begeben hatte, ob nach Surahammar oder Tierra del Fuego war aus meiner Perspektive völlig uninteressant), hatte sie im Abonnement eine Karte frei. Ob wir uns vielleicht ein paar Minuten vor Beginn auf der Treppe treffen könnten?

Als sie kam, mit raschen, tänzelnden Schritten, in einem hellen, mit blauen Blümchen bestreuten Kleid, ärmellos, aber nicht besonders kurz, sah ich, dass sie eigentlich eine ziemlich kleine Frau war.

Und wie sie da kommt, mit tänzelnden Schritten die Treppe hinauf, so ist sie mir in Erinnerung.

War ich verlegen, mit einer etwa zwanzig Jahre älteren Frau, sehr schön in ihrem blau geblümten, ärmellosen Kleid und mit ihren langen roten Haaren ins Konzert zu gehen? Ich war stolz. Ich hatte im Publikum Kameraden hier und da und allerlei Bekannte, die jetzt murmelnd die Reihen zu besetzen begannen, und ich hoffte sehr, dass sie mich sehen würden.

Man kann über Brahms geteilter Meinung sein. Er hat eine gewisse Neigung, seine Ideen festzuklopfen, wenn er sie für wichtig hält, ungefähr so, wie man auf dem Schulhof, wenn man sich mit einem etwas stärkeren und aggressiveren Kameraden schlägt, viel dabei gewinnt, wenn man eine einzige Stelle des Gegners wählt und dort klopft, so lange und so hartnäckig, wie man kann.

Aber es gibt eine große, offene Freimütigkeit bei Brahms, einen freien und selbstsicheren Atem und einen mächtigen Puls.

Kaum waren wir in dem Gesangsthema angekommen, ergriff ich ihre Hand.

Nicht nur, dass sie es geschehen ließ. Sie begann sofort mit meiner Hand zu spielen, ihre Finger, schmal, aber stark, an denen man deutlich die etwas spitz gefeilten Nägel spüren konnte, gruben sich spielerisch in meine Handfläche.

Natürlich hatte ich schon mal Mädchen an der Hand gehalten. Ich machte das jedes Mal, wenn ich mit einem Mädchen ins Kino ging. Aber dies war etwas Besonderes. Sie hatte eine Art, mit meiner Hand zu spielen, sich hineinzunesteln, ihre Finger mit meinen zu verflechten, so listig das vorwegzunehmen, was ein kommender Liebesakt sein musste, dass ich die allergrößten Schwierigkeiten hatte, still zu sitzen.

So aus der Nähe konnte man sehen, dass sie nicht mehr ganz jung war. Es gab feine Linien um ihre Augen herum, die signalisierten, dass sie in den beginnenden Vierzigern war, ihre Nase war ein wenig blank. Und diese Zeichen machten sie für mich nur noch anziehender, ja, erregender. Ich sah die vollen roten Haare über ihren schmalen Rücken fließen und verspürte ein unwiderstehliches Bedürfnis, ihr den Arm um die Schultern zu legen.

Sie ließ es geschehen und wandte sich mir mit einem vieldeutigen Lächeln zu. Ich hätte gesagt, wenn ich überhaupt etwas hätte sagen können, es war zugleich freundlich und ironisch.

Es brachte mich dazu, meinen Arm zurückzuziehen. Wieder nahm sie meine Hand. Und jetzt durfte diese auf ihrem Schenkel ruhen. Der sich fest anfühlte, gut trainiert und straff wie bei einer Sportlerin.

So intensiv war dieser Konzertbesuch, dass wir bis zur Pause gelangten, durch de Falla und Brahms hindurch, ohne dass ich im Geringsten merkte, wie die Zeit verging.

Es war ganz deutlich, dass sie mindestens zwei verschiedene Düfte hatte. Der eine, der von ihren Haaren ausging, war lieblich, mit einer schwachen, sehr schwachen Note von Mandeln, der andere, schwer und würzig, schien aus ihrer Achselhöhle zu kommen, wo man durch das Kleid hindurch die Brust ahnen konnte, fest, aber nicht groß, eingeschlossen in ihre geheimnisvolle Schale.

Sie war, kurz gesagt, eine Frau. Eine richtige Frau, die erste richtige Frau in meinem Leben, mit allen Eigenschaften einer richtigen Frau. Es war, wie wenn man sich vom Meer aus einem fremden Land näherte.

In der Pause konnte man sehen, dass der Regen aufgehört hatte. Sie nahm ohne weitere Zeremonien meinen Arm und führte mich zum Ausgang, wo sich ein Teil der Konzertbesucher versammelt hatte, um Zigaretten zu rauchen oder vielleicht nur, um das sanfte Regenlicht des Abends zu genießen.

Erst war ich tatsächlich so dumm, ihren Plan nicht zu kapieren, was sie als extrem naiv und ungeschickt hätte auffassen können, worüber sie aber nicht nachzudenken schien. Sie führte mich aus dem Konzert hinaus, mitten in der Pause, an diesem Frühlingsabend, und stoppte ein vorbeifahrendes Taxi – damals gab es nicht sehr viele in der Stadt, und die Fahrer waren ernste Männer in dunklen Uniformen –, obwohl wir sehr wohl zu Fuß über die Brücke und den Hang hinauf hätten gehen können; setzte sich neben mich, nahm meine Hand und platzierte sie ruhig und entschlossen auf ihrem Venushügel, auf dem leicht erhabenen Dreieck, wo alle Kräfte des Universums sich begegnen und wo alles beginnt und endet.

Sie tat das ganz ruhig und sehr entschlossen und noch bevor sie dem Fahrer die Adresse gesagt hatte, die nahe genug war, um ihn möglicherweise zu verärgern.

Was erwartete sie, dass meine Hand dort anfangen sollte? Sicherheitshalber beschloss ich, sie einstweilen nur da liegen zu lassen, wo sie lag, in der Welle von Wärme, die ihr jetzt entgegenstieg und drohte, sie in Asche zu verwandeln, wenn sie nur noch eine Minute länger dort liegen bleiben würde.

Auf dieser Stelle.

Es war eine Art Erleichterung, als wir vor ihrer Haustür ausstiegen. Ehe ich es geschafft hatte, über irgendetwas nachzudenken, in jenem Zustand ein wenig jenseits von Raum und Zeit, in dem ich mich befand, hatte die schöne Frau Sorgedahl bereits den mürrischen Fahrer bezahlt und die Wohnungsschlüssel aus ihrer eleganten dunkelroten Handtasche geholt.

Ohne mich anzustrengen, hatte ich die Pforten des Paradieses erreicht.

Ja. Sie standen wirklich offen. Es galt nur einzutreten. Und der Aufenthalt war auf Unendlichkeit gestellt.

Ist es so sonderbar, dass ich zögerte?

Ich kann mich an Frau Sorgedahl erinnern, an ihre roten Haare, ihre weichen Hände im Lampenlicht. Ich kann mich an ihre Stimme erinnern. Jedoch hat dieses merkwürdige, rasch expandierende Gedächtnis seine deutlichen Begrenzungen.

Es war nichts Besonderes, gar nichts, aber ich werde diesen Augenblick nie vergessen. Sie beugte sich über eine Pflanze, eine ziemlich ungewöhnliche Orchidee, die nach Art der Orchideen wirklich etwas Giftiges an sich hatte, einen Duft, der nicht richtig unter den üblichen Düften heimisch war, ein Besuch aus der Welt anderer Düfte. Ich sehe noch ihr schlichtes weißes Baumwollkleid mit dem blau geblümten Muster. Behutsam und ohne Vorwarnung, wie Ideen zu uns kommen, legte ich die Hand auf ihre Hüfte. Und verspürte ihre Wärme.

Was für eine Erfahrung das doch war! Ein paar Stunden lang ganz und gar über eine Frau zu verfügen, wahrzunehmen, wie ihr Duft sich schrittweise von einem ganz leichten Geruch nach Hyazinthe bis zum bitteren Geruch von Grünspan verwandelte. Zu sehen, erst nur zu sehen, dann aber ihre immer intensiveren Antworten auf das zu verspüren, was mir einfiel, mit ihrem Körper zu unternehmen.

Es schien, als hätte ich schließlich tatsächlich eine Antwort auf die Frage gefunden, ob ich existierte.

Und so viele Eigenheiten, so viele intime Geheimnisse, die man unterwegs bemerken konnte: eine sehr kleine, aber sichtlich trockene Stelle an einem sonst vollendeten Ellbogen, eine Art, in reitender Stellung, über mir, mit den Hüften zu zucken, in dem Moment, in dem sie diese zurückzog, ein tiefes kleines Lachen, das mich zunächst verwirrte, da ich glaubte, es sei vielleicht etwas an mir, worüber sie lachte. Aber wie ich bald bemerkte, war es das *pure* Lachen, ein Lachen, das überhaupt nichts bedeutete.

Und dessen Sinn darin bestand, dass ihm jeder Sinn fehlte: es war ein leises, gleichsam hervorquellendes Lachen, das bei ihr bald in laute, vogelartige Rufe überging.

Und jetzt ist es vollständig unmöglich, mich an ihr Gesicht zu erinnern.

Das Einzige, was ich weiß, ist, dass es denkwürdig war.

30

Stromaufwärts, zu den Schleusen hin

Man ruderte lange zwischen den Schilfbänken.

Daran erinnere ich mich. Schilfbänke auf beiden Seiten. Und als kleiner Junge, von meinem Vater gerudert, lernte ich, welche Schilfrohre man mit einem kleinen Ruck entfernen konnte und welche einen wie scharfe Messer in die Hand schneiden konnten. Das Kolbenrohr konnte man anfassen. Und die Teichsimse. Aber vor Binsen musste man sich in Acht nehmen. Die befanden sich auf der anderen, der bösen Seite.

Ich finde schon, sie hätte mir – nach allem, was geschehen war – einen Gruß schicken können; ein paar Zeilen auf einem Papier wären genug gewesen, um mich für alle Zukunft davon zu überzeugen, dass sie wirklich existiert hatte. Aber nein.

Von diesen Schilfbänken, wo der Kolbäcksån in den Norra Nadden mündet, ist nicht mehr viel übrig. Das meiste haben die verdammten Kanadagänse vernichtet. Sie fressen nämlich die Wurzeln des Schilfs. Aber die Wurzeln der Seerosen fressen sie nicht.

In diesem Herbst zogen Frau Sorgedahl und ihr Mann

weg. Sie hatten eine Anstellung in der Schweiz gefunden. Jedenfalls sagte man mir das.

Als ich, erwartungsvoll, am Beginn des Winterhalbjahrs kam, bereit, ein letztes Mal ihre Blumen zu gießen, die ich den ganzen Sommer über so liebevoll gepflegt hatte, und meine Schritte so lang wie möglich hinauszögerte, in der bebenden Hoffnung, dass sie – und vermutlich auch ihr Mann – aus den Ferien zurückgekehrt wären, stand die Tür weit offen. Eine Putzfrau war dabei, die Böden in den großen, leeren Zimmern zu schrubben. Sie hatte einen roten Schal, eine Art großes Schnupftuch, um die Haare geknotet.

Die Familie Sorgedahl? Nein. So jemand kenne sie nicht. Aber ich könne ja mit dem Hausbesitzer im Obergeschoss reden.

Das tat ich, und nachdem ich erklärt hatte, wer ich war und was ich dort zu tun hatte – er erwies sich als ganz schön misstrauisch, dieser fette Mann mit den kurz geschorenen Haaren –, wurde ich in einem Ton, der eher streng als wohlwollend war, gebeten, den Schlüssel zurückzugeben, den ich hatte. Die Familie Sorgedahl? Nun, die sei vor ungefähr zwei Wochen ausgezogen, und alles, was nicht dem Studienrat Sture Westerberg gehörte, sei abgeholt und nach Lausanne verfrachtet worden. Mehr wusste der Hausbesitzer nicht, und wenn er etwas wusste – was sehr wohl der Fall hätte sein können –, hatte er nicht die geringste Lust, es mir zu erzählen. Folke Westerberg, der Sohn des Studienrats, der ja tatsächlich unserer Clique angehörte, war der Erste, den ich vorsichtig fragte, als ich in die Schule zurückkam. Er wusste nicht viel mehr. Aber aus dem wenigen zu schließen, was er von seinen Eltern gehört hatte, waren dem Ehepaar qualifiziertere Aufgaben in der Schweiz angeboten worden, in Winterthur, wo ASEA ein Tochterunternehmen hatte.

Es waren natürlich auch andere Gerüchte im Umlauf. Dass die Eheleute während ihres Urlaubs erkannt hätten, dass sie nicht mehr miteinander leben wollten. Dass Herr Sorgedahl nach Winterthur gefahren sei und die schöne Frau Sorgedahl nach Lausanne.

Vielleicht bin ich nicht einmal richtig überzeugt davon, dass es sie je gegeben hat.

Aber hätte sie nicht existiert, wäre ich vermutlich gezwungen gewesen, sie zu erfinden.

Man ruderte gegen den Strom. Und als schließlich die Tore der Schleuse von Färmansbo in der Biegung des Flusses auftauchten, wo der Strom so stark war, dass er hier und da kleine Strudel in dem tiefen Wasser verursachte – als man also schließlich diese schweren schwarzen Schleusentore sah, hatte sich an der einen und anderen Stelle ein Riss zwischen ein paar dicken Stämmen durch den Wasserdruck gebildet, und ein schmaler, aber äußerst intensiver Strahl von allzu lange zurückgehaltenem Wasser strömte in das untere Becken.

Weiter als bis zur Schleuse kamen wir nicht mit diesem Boot. Und es sollte lange dauern, ehe die Tore sich öffneten und ich schließlich zu sehen bekam, was sich dahinter verbarg.

Der große Hagelsturm, der in der Erzählung vorkommt und der tatsächlich als Beispiel für extreme Unwetter und extremen Niederschlag einen Platz in meteorologischen Dokumentationen gefunden hat, ereignete sich im nördlichen Västmanland und über Bratt Norrheden in Ramnäs, hier Norrheden genannt, am 3. Juni 1953.

Für die Zwecke meiner Handlung habe ich das Unwetter auf den 14. Juli 1954 verlegt, als der Erzähler siebzehn Jahre alt war.

Inhalt